McDermott, der Junge und das Krokodil

AF220577

Jon van Lake

McDermott, der Junge und das Krokodil

Thriller

Bibliografische Information der Deutschen Nationalbibliothek.

Die Deutsche Nationalbibliothek verzeichnet diese Publikation in der Deutschen Nationalbibliografie; detaillierte bibliografische Daten sind im Internet über dnb.dnb.de abrufbar.

Herstellung und Verlag: BoD – Books on Demand,
Norderstedt
ISBN 978-3-7526-5839-2

Inhaltsverzeichnis

PROLOG

Johannesburg (Südafrika), im September 2018

Der Verfolger

»Entschuldigung, Officer. Sie sind doch *Officer?*!«

Die junge Frau suchte offenbar Hilfe.

Commissioner James McDermott musterte die Fragestellerin, bei der es sich um eine europäische Touristin zu handeln schien.

Diese hingegen richtete ihre ganze Aufmerksamkeit auf den Polizeianwärter neben ihm, einen schlaksigen jungen Mann namens Jesiah Mallinckrodt.

Mallinckrodt sah überrascht von seinem Handy auf und blieb stumm. Mit einem Seufzer ergriff McDermott das Wort:

»Guten Tag, Madam! Was kann die Johannesburger Polizei für Sie tun?«

»Oh Officer, zunächst muss ich mich bei Ihnen und Ihren Kollegen entschuldigen. Als wir, mein Sohn und ich, vorhin in die Stadt gegangen sind, da haben wir dummerweise das Begleitangebot Ihrer Kollegen ausgeschlagen.«

Sie schaute nun so schuldbewusst, dass ein Lächeln über das entstellte Gesicht des Officers huschte. Er schätzte die Touristin auf Ende zwanzig, wenn auch Frauentyp und Kleidungsstil eine genaue Einordnung erschwerten.

»Ja, Madam, das haben uns die Kollegen der Frühschicht berichtet. Es ist letztlich nur ein Angebot der hiesigen Polizei, dessen Annahme Ihnen natürlich freigestellt ist«, erwiderte McDermott freundlich.

Wegen der wiederholten Überfälle auf Touristen im Johannesburger Zentrum hatte die Polizeidirektion ein Begleitangebot für Stadtausflüge internationaler Gäste beschlossen. Es beschränkte sich auf teure Innenstadthotels und war in den Medien als Augenwischerei gegeißelt worden.

»Wir hoffen, dass Sie trotzdem einen angenehmen Bummel durch unser schönes Johannesburg hatten«, fuhr der Officer fort.

»Wie soll ich es sagen …«, antwortete die Frau zögerlich. »Wir, das heißt ich, ich bin belästigt worden!«

»Das bedauern wir außerordentlich, Madam, das darf ich Ihnen versichern. Ich würde Sie allerdings bitten, etwas konkreter zu werden«, sagte McDermott.

»Jemand hat mich im Gedränge berührt, mehrfach berührt!«, ergänzte die Frau mit Nachdruck.

»Sie würden vermutlich ausschließen, dass das im Gedränge zufällig passiert sein kann? Leider müssen wir diese Fragen stellen«, hakte er nach.

Die Touristin hob nun empört ihre Stimme:

»Aber Officer! Wenn eine Frau am helllichten Tag von einem Unbekannten verfolgt und mehrfach unsittlich berührt wird, dann ist das doch wohl nicht *zufällig?* Auch nicht in Johannesburg?!«

»Da haben Sie natürlich recht. So etwas darf auf keinen Fall passieren, das ist absolut inakzeptabel«, entgegnete McDermott. »Gott sei Dank sind ja uniformierte Beamte überall im Straßenbild präsent. Konnten Ihnen diese Kollegen denn nicht weiterhelfen?«

Offenbar hatte die Touristin ihre Einkäufe in aller Ruhe beendet, anstatt zügig das Gedränge zu verlassen.

Unerwartet meldete sich nun der Polizeianwärter zu Wort: »Natürlich kümmern wir uns darum, Ma'am. Aber es ist schwierig, im Nachhinein und ohne genaue Personenbeschreibung tätig zu werden.«

»Die brauchen Sie gar nicht«, antwortete die Frau prompt. »Der Mann sitzt dort drüben im Café und beobachtet den Hoteleingang!«

Alle drei richteten ihre Blicke nun auf den gegenüberliegenden Coffeeshop.

»Mmh«, brummte McDermott. »Mir würde es schwerfallen, jemanden über diese Distanz zu identifizieren. Was macht Sie denn so sicher, dass tatsächlich dieser Gast Sie im Gedränge belästigt hat?«

Bevor die Frau antworten konnte, meldete sich Mallinckrodt erneut zu Wort:

»Das ist ja der Kerl, der vorhin ins Foyer gerannt kam. Keine Sorge, Ma'am, dem klopf ich höchstpersönlich auf die Finger!«

Mit schlackernden Hosenbeinen stürmte der Anwärter nun auf die Straße.

McDermott wollte ihm nacheilen, doch die zuvor bestimmt auftretende Touristin warf sich schluchzend an seine Brust.

»Officer, ich mache mir solche Sorgen! Sie müssen mir, Sie müssen *uns* helfen! Auch mein kleiner Sohn hat solche Angst, wir trauen uns gar nicht mehr auf die Straße. Sind Sie denn nicht dafür da, uns zu beschützen?«

Für einen Augenblick erwog er, die Frau mit Schwung in den nächststehenden Sessel zu befördern. Die Geschichte wirkte konstruiert und der Auftritt melodramatisch. Es roch geradezu nach dem Versuch, die Polizei für eine persönliche Abrechnung zu instrumentalisieren.

Doch der theatralische Hilferuf hatte bereits zu einer beträchtlichen Ansammlung in der Lobby geführt.

McDermott versicherte nun mit sonorer Stimme, dass die gesamte Johannesburger Polizei selbstverständlich zu ihrem Schutz und dem ihres Sohnes bereitstünde.

Gleichzeitig befreite er sich aus der Umklammerung und folgte Mallinckrodt.

*

Der Anwärter hatte den Gast auf die Straße gezerrt.

Für Außenstehende musste es aussehen, als attackiere Mallinckrodt den Mann grundlos.

Tatsächlich versuchte der Anwärter, den ersten Treffer zu landen, bevor der Officer eingreifen konnte.

Geschickt wich das vermeintliche Opfer aus und schickte Mallinckrodt mit einem rechten Haken zu Boden.

Gaffer umstanden die beiden Kontrahenten mittlerweile dicht gedrängt. Einige hielten Handys hoch, um das Spektakel zu filmen.

McDermott warf einen kurzen Blick auf die Armbanduhr, ein Geschenk seiner viel zu früh verstorbenen Frau Catherine.

Nur noch vier Stunden trennten ihn vom Sonntagsspiel der Kaizer Chiefs in Soccer City, Joburgs Fußballstadion. Alles andere als ein schnelles, pragmatisches Ende der Angelegenheit würde seine Pläne für den Abend zunichtemachen.

Mit einer beiläufigen Bewegung löste er die Faltschließe seiner Uhr und ließ diese in die Sakkotasche gleiten. Dann schob er sich zwischen die Kampfhähne, reckte die Dienstmarke weit über den Kopf und brüllte mit donnernder Stimme:

»Polizei Joburg, Officer McDermott. Jetzt mal schön ruhig und die Papiere bitte!«

An eine Verhaftung des Beschuldigten war unter diesen Umständen nicht mehr zu denken.

Im Gegenteil würde sich Mallinckrodt zunächst für das übergriffige Verhalten entschuldigen müssen. Anschließend galt es, die Menge zu zerstreuen und zu hoffen, dass nicht bereits Videos des Vorfalls in den sozialen Netzwerken kursierten.

Als sich McDermott dem Fremden zuwandte, traf ihn dessen wuchtiger Hieb unvorbereitet.

Unbarmherzig prasselten die Schläge nun auf ihn ein.

TEIL 1: DIE FAMILIE

Hannover, im März 2015

Der Fahrgast

»Mama kommt!«

Das Knarren der Haustür hatte Ines verraten.

Sie beugte sich zu ihrem Sohn, nahm ihn mit Schwung hoch und trat lächelnd in das Wohnzimmer.

Thomas Lindberg blieb stehen und genoss den Anblick.

Seine Frau hatte trotz der Doppelbelastung durch Haushalt und Studium nichts von ihrer mädchenhaften Schönheit verloren. Zudem gelang es ihr immer wieder, Farben und Stoffe auf eine zeitlos elegante Art zu kombinieren. Und das, obwohl die chronisch defizitäre Haushaltskasse keinen Platz für teure Kleider ließ.

Die Begrüßung seiner Frau und die Verabschiedung in die Nachtschicht gingen fließend ineinander über.

Kaum, dass er das Taxi gestartet hatte, kamen bereits die ersten Aufträge herein.

Es gab mehrere Veranstaltungen an diesem Abend, wobei der Ball in der Stadthalle die meisten Fahrten erwarten ließ.

*

Die Uhr war auf 1:30 Uhr gesprungen.

Thomas konnte mit dem Umsatz der ersten Stunden mehr als zufrieden sein.

Erneut lenkte er das Taxi in Richtung Stadthalle.

Dort winkte ihn ein kleiner Mann in gebeugter Haltung mit einer herrischen Geste heran.

Als der Fahrgast in den Fond des Taxis stieg, wurde sein Gesicht kurzzeitig erhellt. Er schien weitaus jünger, als es Haltung und Auftreten hatten vermuten lassen.

Seine hakenförmig gekrümmte Nase, die zwischen zwei buschigen Augenbrauen entsprang, und eine Narbe am rechten Wangenknochen gaben ihm etwas unverwechselbar Düsteres.

Grußlos, ohne Thomas anzusehen, nahm er auf dem Rücksitz Platz und nannte das Fahrziel. Danach wandte er sich seinem Handy zu und telefonierte mit gedämpfter Stimme in einer arabisch klingenden Sprache.

Nach wenigen Minuten beendete er das Telefonat und wandte den Kopf zur Seite.

Anschließend starrte Jamal El-Gadavi in die Nacht.

Der Schulfreund

Schon beim Einsteigen hatte er ihn wiedererkannt.

Jamal war ihm als klein gewachsener Mitschüler aus einer Clanfamilie in Erinnerung geblieben.

Mit seiner vielköpfigen Verwandtschaft war er aus dem Libanon nach Hannover übergesiedelt. Trotz anfänglicher Sprachbarrieren hatte er im Unterricht erstaunlich schnell Anschluss gefunden und die Versetzungen gemeistert.

Von einem Tag zum anderen war Jamal dann nicht mehr in der Schule erschienen. Kurz darauf war zu hören gewesen, dass er wegen einer Messerstecherei verhaftet worden sei. Damit hatten auch die Gerüchte um den Gadavi-Clan Auftrieb erhalten.

Jamals ältere Brüder waren im Stadtteil durch teure Kleidung und schnelle Autos bekannt. Drogengeschäfte, Schutzgelderpressung und Prostitution waren in den Medien als Einnahmequellen des Clans genannt worden.

Die Indizien hatten dafürgesprochen, dass die Tat von einem der älteren Brüder verübt worden war. Aber Jamal war als einziges männliches Mitglied der Großfamilie noch unter das Jugendstrafrecht gefallen. So hatte er nur wenige Jahre Haft zu erwarten.

Auf Geheiß des Clans habe er sich zu der Tat bekannt. So hatten zumindest die Medien spekuliert.

Danach war der Kontakt abgerissen.

∗

Sie näherten sich dem Fahrtziel.

Thomas Lindberg setzte den Blinker und verließ den Schnellweg.

Die zwiespältigen Erinnerungen hatten ihn davon abgehalten, seinen Fahrgast anzusprechen. Doch letztendlich siegte die Neugierde.

»Jamal, Jamal El-Gadavi?«, wandte er sich an den Mann auf der Rückbank.

Dieser rückte aus dem Sichtbereich des Rückspiegels direkt hinter den Fahrersitz. Thomas konnte nun dessen Atem im Nacken spüren.

Dicht am Ohr erklang Gadavis raue Stimme: »Und welches neugierige *Arschloch* will das wissen?«

Thomas zögerte einen Augenblick und nannte dann die Schule, den Jahrgang und seinen Namen.

Mit einem Seufzer ließ sich sein Fahrgast in den Sitz fallen.

»Okay, Thomas, du bist es«, sagte er, als gälte es, das zu bestätigen. »Tut mir leid, hatte mit dir hier nicht gerechnet.« Dabei machte er eine ausholende Bewegung mit dem Arm, als sei das Taxifahren für ihn unaussprechlich.

»Erstens kommt es anders, und zweitens als man denkt«, antwortete Thomas lakonisch und musterte seinen Fahrgast im Rückspiegel.

Der erwiderte den Blick zunächst schweigend.

»Machst keinen glücklichen Eindruck«, sagte El-Gadavi und hob gleichzeitig beschwichtigend die Hände. »Geht mich natürlich nichts an …«

Mittlerweile hatten sie das Fahrtziel erreicht. Die Silhouette einer alten Villa war erkennbar, deren Zufahrt durch ein großes, schmiedeeisernes Tor geschützt war.

Er lenkte das Taxi auf den Bürgersteig und hielt an, ohne den Motor abzustellen. Der Spaß an weiterer Konversation war ihm vergangen.

El-Gadavi bezahlte die Fahrt mit einer Einhundert-Euro-Note, wehrte das Wechselgeld ab und stieg aus.

Dann klopfte er gegen die Seitenscheibe und reichte Thomas seine Visitenkarte.

»Ruf mich an, wenn ich etwas für dich tun kann. Jamal vergisst seine alten Freunde nicht.«

Tatsächlich waren sie nie Freunde gewesen.

Lediglich zu Beginn hatte Thomas, als Klassensprecher, den neuen Mitschüler vor Hänseleien in Schutz nehmen müssen. Dieses Problem hatte sich aber mit dem ersten Besuch von Jamals Brüdern in der Klasse erledigt.

Er hegte keinen Zweifel daran, dass El-Gadavi tatsächlich das eine oder andere für ihn hätte tun können. Aber er ließ das Angebot unkommentiert.

Denn nichts davon hätte seiner Frau gefallen.

Der Kaffeeduft

»Guten Morgen, gnädige Frau!«

Ines öffnete die Augen.

Es roch nach frisch gebrühtem Kaffee.

Pünktlich hatte ihr Mann sie geweckt und seinen Teil der morgendlichen Vorbereitungen bereits erledigt.

Sie erwiderte den Guten-Morgen-Kuss und lehnte sich an seine Schulter.

»Du bist ein Schatz!«, sagte sie.

»Ich weiß«, antwortete Thomas lachend.

»Wie war deine Nachtschicht, du Ärmster? Haben sie dich sehr geärgert?«

Es war selten, dass ihr Mann über das nächtliche Taxifahren klagte. Für ihn schien es ein notwendiges Übel zu sein, über das er kein unnützes Wort verlor.

Doch an diesem Morgen zögerte er mit der Antwort.

»Nein, kein Stress. Es hat sich auch nicht wirklich gelohnt, eben Sonntagnacht.«

»*Aber …?*«

»Na ja, vorgestern, Samstagnacht, da war tatsächlich ein skurriler Vogel dabei. Ein ehemaliger Klassenkamerad«, antwortete Thomas und verließ den Raum.

Ines hätte gern mehr erfahren, aber ihr Mann war bezüglich seiner Vergangenheit wenig auskunftsfreudig.

Erneut sah sie auf die Uhr.

Jetzt war es höchste Zeit.

Die Maschine

»Verdammter Mist!«

Thomas Lindberg fluchte lauthals.

Dieses Mal war es keine Pfütze mehr, sondern eine veritable Überschwemmung. Zum dritten Mal binnen weniger Wochen bereitete die alte Waschmaschine Probleme.

Kleinreparaturen waren kein Problem für ihn. Aber ein Großgerät instand zu setzen, überschritt eindeutig seine handwerklichen Fähigkeiten. Und den kostspieligen Kundendienst konnten sie sich nicht schon wieder leisten.

In diesem Moment klingelte sein Handy.

Zunächst war nur ein schweres, ächzendes Atemgeräusch zu vernehmen.

Dann erklang die bekannte, harte Stimme:

»Hallo Thomas, ich bin's, Jamal, Jamal El-Gadavi. Du erinnerst dich?«

»Klar erinner ich mich, Jamal. Bin nur überrascht. Woher hast du meine Handynummer?«

»Schön, deine Stimme zu hören. Und bitte entschuldige mein Verhalten bei der Taxifahrt neulich. Es ist das Asthma, das Asthma macht mir zu schaffen, gerade nachts. Ich reagier dann manchmal gereizt, sorry«, fuhr El-Gadavi fort, ohne auf die Frage einzugehen.

»Kein Problem, Jamal, längst vergessen. Tut mir leid, das zu hören, das mit dem Asthma«, erwiderte Thomas. »Aber was gibt's?«

»Ich wollte einfach mal nachfragen, wie es dir so geht. Taxifahren, gerade die Nachtfahrten, stell ich mir anstrengend vor. Und nicht ganz ungefährlich«, entgegnete sein Anrufer im Plauderton.

»Tut mir leid, Jamal, das ist gerade kein günstiger Augenblick. Unsere Waschmaschine hat den Geist aufgegeben und ich steh hier mit beiden Füssen knöcheltief im Wasser. Kann ich später zurückrufen?«

»Oh je, oh je! Da störe ich ja wirklich im ungünstigsten Augenblick«, antwortete El-Gadavi mit aufgesetztem Bedauern. »Die Waschmaschine ist kaputt? Sehr ärgerlich! Sicher habt ihr da schon einen Plan, du und deine Frau Ines. Sie heißt doch *Ines?*«

Der Anrufer wollte offenbar zeigen, dass er über die Familie Lindberg informiert war. Was er damit bezweckte, war Thomas unklar.

»In Sachen Waschmaschine könnte ich sonst behilflich sein«, fuhr El-Gadavi fort. »Ein guter Freund von mir handelt mit Haushaltsgeräten en gros. Import, Export, Riesenladen. Der würde euch sicher einen guten Preis machen, einen *sehr* guten Preis!«

In diesem Augenblick klingelte es an der Tür.

Erleichtert beendete Thomas das Gespräch: »Supernett, Jamal, wirklich. Ich bespreche das gleich nachher mit meiner Frau.«

»Na klar. Nur noch 'ne Kleinigkeit, Tommy ...« Zwanglos hatte El-Gadavi seinen Spitznamen aus Schulzeiten benutzt. »Da gibt es diesen alten Bekannten von mir. Guter Mann, quasi ein Freund. Der würde dich gern mal anrufen, in den nächsten Tagen. Natürlich nur, wenn du nichts dagegen hast.«

Wieder ertönte die Klingel.

»Kann er, sicher, kein Problem. Jetzt muss ich aber wirklich nach oben. Bis dann!«, rief Thomas in den Hörer, legte auf und lief zur Tür.

Bei der Rückkehr in den Keller stutze er kurz.

Was konnte Gadavis Freund von ihm wollen?

Darüber hatte Jamal kein Wort verloren.

*

»Wie hast du *das* bloß hinbekommen?!«

Ines' Stimme überschlug sich förmlich am Telefon.

»Kannst du zaubern …?!«

Thomas Lindberg war überrascht. Er hatte keine Ahnung, wovon die Rede war.

Wenige Stunden zuvor hatten sie noch gemeinsam die Feuchtigkeit im Waschkeller beseitigt und anschließend Kassensturz gemacht. Weder Kauf noch Reparatur einer Waschmaschine lagen aktuell im Bereich des Möglichen.

»Und dann eine *Miele*, Wahnsinn! Du hast mich wieder perfekt an der Nase herumgeführt. Ich bin so erleichtert, dass wir dieses leidige Problem endlich gelöst haben. Du kannst es dir nicht vorstellen. Der Lieferservice hat alles angeschlossen und die alte Maschine gleich mitgenommen. Schatz, du bist mein Held!«

Er zählte nun eins und eins zusammen.

El-Gadavi hatte vollendete Tatsachen geschaffen und das Waschmaschinenproblem der Lindbergs auf seine Art gelöst. Für ihn offenbar ein Kinderspiel.

Thomas brachte es nicht übers Herz, seiner Frau die Rückgabe der Maschine anzukündigen.

Das musste er mit El-Gadavi auf andere Art klären.

*

Zwei Tage später klingelte Thomas' Telefon.

Der Anrufer sprach mit arabischem Akzent und hatte seine Rufnummer unterdrückt.

Es war der angekündigte Anruf und es ging um einen gut bezahlten Kurierdienst.

Dankend lehnte Thomas ab.

Der Indianer

Das Marketing-Seminar fällt heute aus!

Verärgert betrachtete Ines den Aushang. Seitdem die Dozentin einen Partner in Süddeutschland hatte, fiel das montägliche Seminar häufiger aus. Die Ersatztermine fanden meist spätnachmittags statt, wenn Ines im Haushalt verplant war.

Sie seufzte und beschloss, die Wartezeit in der Cafeteria zu verbringen. Mit einem Milchkaffee in der Hand machte sie es sich dort am Fenster bequem. Sie nahm einen großen Schluck und lehnte sich zurück.

Eigentlich hatte sie wenig Grund zur Klage. Mit einem wohlgeratenen Sohn und einem liebevollen Ehemann an ihrer Seite.

Versunken beobachtete sie die Choreografie der Regentropfen auf der großen Scheibe. Ihre Gedanken gingen nun noch weiter zurück.

Bis zu jenem nasskalten Wintertag, als sie Thomas Lindberg zum ersten Mal begegnet war.

*

Der Adventsbasar stand kurz vor der Eröffnung.

Es galt, die großen Kaffee- und Teekannen ins Gemeindehaus zu bringen. Ihre Mutter wurde direkt nach

Ankunft von einer Damenrunde mit Beschlag belegt und konnte wenig Mithilfe leisten.

Ines hatte sich gerade in den Kofferraum gebeugt, als eine tiefe Stimme direkt hinter ihr ertönte: »Ist das nicht Männerarbeit?!«

Erschreckt fuhr sie hoch und stieß heftig mit dem Kopf gegen den Kofferraumdeckel. Der Schmerz ließ sie aufschreien.

Sie hatte in der Dunkelheit niemanden kommen hören. Wütend fuhr sie den Unbekannten an: »Was fällt Ihnen ein, sich anzuschleichen und einen derart zu erschrecken?!«. Das würde eine ordentliche Beule geben, so viel war klar.

Sie trat einen Schritt zurück, um Distanz zwischen sich und den Mann zu bringen.

Ihre Mutter erschien nun im Eingang und rief besorgt herüber: »Schatz, ist alles in Ordnung?«

»Ja, alles in Ordnung. Hab' mich nur gestoßen.« Ines hielt sich den Kopf und musterte den Unbekannten. Es war ein junger Mann, wenig älter als sie selbst, mit einem offenen, freundlichen Gesicht.

»Was soll das Anpirschen?«, zischte sie an.

»Eigentlich wollte ich nur helfen. *So* war das sicher nicht geplant«, erwiderte der Unbekannte.

Dabei zog er sie mit erstaunlich kräftigem Griff heran. »Lass mal sehen«, sagte er und zerteilte ihre Haare in Höhe der Prellung.

Ines verspürte nun, da der Ärger nachließ, eine Benommenheit. Erstaunt ließ sie ihn gewähren.

»Mist, das blutet tatsächlich. Das muss desinfiziert, vielleicht auch genäht werden«, befand der junge Mann.

»Komm, im Gemeindebüro gibt's einen Verbandskasten.«

Mit diesen Worten dirigierte er Ines in Richtung Eingang und stellte sich dabei vor: »Übrigens, mein Name ist Thomas. Ich arbeite im Sozialdienst der Gemeinde.«

Abrupt machte ihr Helfer halt, ging zum Wagen zurück und entnahm die beiden letzten Kannen. Mit Schwung schloss er den Kofferraum.

»Nein, *nein!* Der Schlüssel, der Schlüssel liegt doch im Kofferraum!«, rief Ines erschrocken aus und ließ sich auf die Eingangsstufen fallen.

Die Wunde blutete, es war nasskalt und einen Zweitschlüssel für den alten Renault gab es schon lange nicht mehr. Sie musste an ihre Freundinnen denken, die zur selben Zeit irgendwo entspannt feierten.

Am liebsten hätte sie laut geheult.

Reiß dich zusammen!, ermahnte Ines sich selbst.

Sie holte tief Luft und zwang sich, aufzustehen.

Im selben Augenblick verlor sie das Bewusstsein.

*

Im Nebenraum der Pfarrei kam sie wieder zu sich.

Pfarrer, Mutter und Helfer standen um sie herum.

Alle zeigten besorgte Gesichter, insbesondere der Unfallverursacher.

Im grellen Neonlicht ähnelte dieser, mit seinen grünblauen Augen und den Grübchen, einem Winnetou-Darsteller aus alten Karl-May-Filmen.

In der Ferne erklang mittlerweile die Sirene des Krankenwagens und erinnerte Ines an ihre Kopfschmerzen. Als die Sanitäter sie mit der Trage in den

Wagen verfrachtet hatten, hörte sie seine Stimme: »Ich fahre mit.«

»Das geht nicht. Hier hinten darf sich nur medizinisches Personal aufhalten«, entgegnete der Sanitäter abweisend. »Wer sind Sie überhaupt?«

»Ich bin der Partner. Ich fahre mit. Dann eben vorne!«, antwortete er ruhig, aber bestimmt.

Erstaunt nahm Ines die Nachricht von ihrer neuen Beziehung zur Kenntnis. Sie wollte Einspruch erheben, aber Schwindel und Übelkeit hielten sie davon ab.

Auch die Sanitäter ließen Thomas nun gewähren.

Die Mahnung

Erneut riefen sie ihn an.

Es war ein Samstagabend, knapp vier Wochen nachdem Jamal El-Gadavi in sein Taxi gestiegen war.

Der Anrufer stellte sich als Freund eines gemeinsamen Freundes vor, ohne Namen zu nennen. Auch er sprach mit arabischem Akzent und drängte Thomas, eine Tasche mit dem Taxi zu transportieren. Der Tonfall des Anrufers war fordernd.

Wieder lehnte Thomas ab.

*

»Einschreiben! Hier bitte mal quittieren …«

Der Postbote übergab ihm das Schreiben.

Überrascht nahm Thomas Lindberg einen roten Umschlag entgegen. Auf diesem prangte in großen Lettern der Aufdruck ›Letzte Mahnung!‹.

Mit einem mitleidigen Lächeln wandte sich der Postbote zum Gehen.

Ungeduldig riss Thomas den Umschlag auf. Es war die Rechnung über Lieferung und Montage einer Waschmaschine. Der Preis der Maschine war deutlich überhöht und die Zahlungsfrist betrug nur wenige Tage.

El-Gadavi hatte offenbar die Maske fallen lassen.

Der Zylinderkopf

Tränen liefen über ihre Wangen.

Ines legte die Karte zur Seite.

Ferienhaus in Priwall – Familie Sande, Ihr Vermieter seit 40 Jahren!

Die Buchstaben auf der abgegriffenen Karte waren verblichen, die aktuellen Informationen zum Vermieterhandy und zur E-Mail handschriftlich nachgetragen.

Mehrfach hatte sie die Nummer gewählt, um dann jedes Mal wieder aufzulegen.

Der gemeinsame Sommerurlaub an der Ostsee war eine Institution in ihrer Familie und mit zahllosen Erinnerungen verbunden. Etwas so Wertvolles für eine schnöde Autoreparatur zu opfern, brach Ines das Herz. Zumal sie es ihrer Mutter würde beichten müssen, die sich jedes Jahr auf die unbeschwerte Zeit im Familienkreis freute.

Doch der Kostenvoranschlag der Werkstatt war eindeutig: Die defekte Zylinderkopfdichtung machte eine teure Reparatur unumgänglich.

Ihre Mutter konnte sie unmöglich um Hilfe bitten. Diese hatte selbst nur eine bescheidene Rente. Als einziger Vermögenswert war ihr das Häuschen verblieben, das sie großzügig mit der Tochter und deren Familie teilte.

Dabei hatten die Eltern mit ihrem mittelständischen Elektrobetrieb einst gutes Geld verdient. Doch Ines' Vater hatte sich überreden lassen, den Löwenanteil der Ersparnisse einer neuen Vermögensverwaltung anzuvertrauen, die mit hohen Renditen warb. Die Anlageberater hatten ihre Büros später in einer Nacht-und-Nebel-Aktion aufgelöst und waren verschwunden geblieben.

Den letzten Rest der privaten Rücklagen hatte ihre sonst so besonnene Mutter für alternative Krebstherapien des Vaters ausgegeben, von denen nur die skrupellosen Behandler profitiert hatten.

Bei der Erinnerung an die letzten Wochen ihres Vaters hielt Ines inne. Wieder musste sie mit den Tränen kämpfen. Dann griff sie erneut zum Hörer.

Dieses Mal wartete sie, bis abgehoben wurde.

»Lindberg. Guten Morgen, Frau Sande …«

Die Misere

Den Mahnbescheid hatte er verschwiegen.

Das hätte seiner Frau die letzte Hoffnung auf einen Ausweg aus ihrer finanziellen Misere geraubt.

Tatsächlich war keine Besserung in Sicht, ganz im Gegenteil. In der Zwischenzeit war der alte Renault mit Motorschaden ausgefallen.

Ines hatte daraufhin die Stornierung des Familienurlaubs angedroht.

Als letzter Ausweg blieb nur noch das Gespräch mit der Bank.

*

»Warum wollen Sie sich das antun …?«

Ihm gegenüber saß der bullige Filialleiter.

Offenbar war der Kompetenzbereich des Beraters überschritten, mit dem er sich ursprünglich verabredet hatte.

Thomas kannte sein Gegenüber. Bei ihm hatte er als Jugendlicher das erste Konto eröffnet.

»Sie können das Geld haben«, fuhr der Banker fort. »Ich kenne Sie seit Jahren und habe das Vertrauen. Für mich wäre das ein Federstrich, wirklich kein Problem …«

Hier machte der Mann eine Pause.

»Aber ein Blick auf ihre aktuellen Verhältnisse sagt mir: *Abraten!* Sie nehmen sich finanziell die Luft zum Atmen. Sie ›gehören‹ dann der Bank. Aus dieser Schuldenspirale findet manch einer nicht mehr heraus …«

Jetzt erst begriff Thomas, warum der Filialleiter den Vorgang an sich gezogen hatte. Tatsächlich hatte nur dieser das Wohl der Lindbergs im Auge.

Der Berater hätte ihm den Kredit aufgedrängt und seine Provision eingestrichen.

Thomas bedankte sich und verließ die Bank.

Auf der Straße hielt er kurz inne und zog den Kreditantrag aus der Tasche, den er bereits vorausgefüllt hatte. Er zerriss den Antrag in tausend kleine Fetzen und entsorgte alles in einen nahestehenden Mülleimer.

Dann holte er sein Handy heraus.

Er wählte Gadavis Nummer und willigte ein.

Die Überraschung

»Hast du kurz Zeit …?«

Ines hatte sich seit Tagen vorgenommen, das Gespräch mit ihrer Mutter zu führen.

Sie würde ihr die Absage des Sommerurlaubs irgendwann beichten müssen. Und die alte Dame schätzte es gar nicht, wenn sie wichtige familiäre Neuigkeiten erst mit Verspätung erfuhr.

»Kind, sei mir nicht böse, aber ich will gerade los. Ist denn etwas ganz Dringendes, oder kann es noch etwas warten?«, wollte die alte Dame nun wissen, die im Aufbruch begriffen schien.

Ines war für einen Augenblick versucht, das Gespräch auf einen späteren Zeitpunkt zu verschieben. Aber genau dann hätte das Risiko bestanden, dass ihre Mutter es von anderer Seite erfuhr.

Sie nahm allen Mut zusammen: »Es geht um unseren Sommerurlaub. Ich habe mit unserer Vermieterin telefoniert und muss dir leider sagen …«

»Oh je, das hatte ich dir nicht erzählt«, unterbrach ihre Mutter und trat an Ines vorbei in das Treppenhaus. »Frau Sande hat angerufen und lässt dich herzlich grüßen. Thomas hat die Miete wohl schon überwiesen und dabei etwas zu viel gezahlt. Ich habe gesagt, dass wir das bei Ankunft regeln können. Jetzt muss ich aber los …«

Eilig öffnete die alte Dame die Haustür und trat ins Freie.

Ungläubig schüttelte Ines den Kopf.

Was in aller Welt hatte das jetzt zu bedeuten?!

Der Stadtwald

Am Ulanendenkmal hielt er an.

Die erste Kurierfahrt für den Clan führte Thomas Lindberg in die Eilenriede, den großen hannoverschen Stadtwald.

Bei Veranstaltungen und am Wochenende war die Straße stärker frequentiert. Zu dieser Zeit aber, um vier Uhr morgens, wirkte die Gegend wie ausgestorben.

Er stieg aus und öffnete den Kofferraum. Vor ihm lag das Transportgut, eine prall gefüllte Sporttasche.

Er sah sich nach allen Seiten um, entnahm die Tasche und ging mit zügigen Schritten zum Denkmal. Selbst bei Dunkelheit war die Reiterstatue gut erkennbar, da hoch gebaut und unweit der Straße gelegen.

Erneut sah er sich in alle Richtungen um.

Irgendetwas konnte nicht stimmen. Die kleine Lichtung war ungeschützt und mühelos von jedem vorbeifahrenden Fahrzeug aus einsehbar. Da die Straße in Biegungen verlief, wären herannahende Fahrzeuge zudem erst spät erkennbar.

Er wollte seinen Weg gerade fortsetzen, als die Lichtreflexe von Autoscheinwerfern aufblitzten.

Mit einer ansatzlosen Bewegung schleuderte er die Tasche ins Unterholz und trat an einen Busch, den Rücken zur Straße gewandt. Es sollte aussehen, als müsse er einem dringenden menschlichen Bedürfnis nachgehen.

Kurz darauf hörte er den Wagen auf seiner Höhe halten. Er vermied es, den Kopf zur Seite zu drehen.

Aber er hatte das Fahrzeug bereits erkannt.

Es war ein Streifenwagen.

Der Deal

Eilig lief die ausgemergelte Gestalt auf und ab.

Ines Lindberg war auf dem Rückweg von ihrer Seminargruppe und beobachtete das unruhige Verhalten des Mannes.

Nur wenig später fuhr die Stadtbahn ein. Im selben Moment ging ein Schwarzafrikaner an ihr vorbei, nahm ein kleines Stanniolpäckchen aus dem Mund und drückte es der Gestalt in die Hand. Während der Junkie eilig davonlief, stieg der Afrikaner neben Ines in die Bahn.

Routiniert und choreografiert, wie der Handel abgelaufen war, machten Dealer und Junkie das Geschäft offenbar nicht zum ersten Mal.

Verstohlen betrachtete Ines den Dealer, der an der nächsten Haltestelle wieder ausstieg.

Drogenhandel im Stadtzentrum war ein bekanntes Problem, an dem Politik und Polizei seit Jahren scheiterten. So augenfällig wie an diesem Nachmittag war es Ines allerdings noch nicht begegnet.

Nachdenklich blickte sie in die gleichgültigen und müden Gesichter der Mitfahrenden.

Es fiel ihr schwer zu glauben, dass ihr Mann vor vielen Jahren selbst einmal zur Drogenszene gehört hatte.

Doch der Sozialdienst war Teil seiner Bewährungsauflagen gewesen. Ohne diese hätte sich ihr Mann sicherlich nicht auf dem Weihnachtsbasar einer Kirchengemeinde aufgehalten.

Und sie wären einander nie begegnet.

Der Arm

Demonstrativ knöpfte Thomas sich die Hose zu.

Er tat, als habe er den Streifenwagen nicht bemerkt.

Erst danach sah er in Richtung Taxi und Polizei.

Der Beamte am Steuer ließ die Scheibe herunter und rief ungehalten: »Sagen Sie mal, einen besseren Platz zum Pinkeln konnten Sie sich nicht aussuchen? Sie stehen im absoluten Halteverbot!«

»Tut mir leid, Herr Wachtmeister«, antwortete Thomas mit einer Mischung aus Unterwürfigkeit und plumper Vertraulichkeit. »Aber so'ne Blasenentzündung ist wirklich kein Spaß, das könn'se mir glauben!«

Er trat an den Streifenwagen heran und legte eine Hand auf die Dachreling.

»Meine Frau hat gestern Abend schon gesagt: Bleib zu Hause, hat sie gesagt. Du immer mit deiner Blase! Aber bleiben'se in meinem Geschäft mal 'nen Abend zu Hause. Die fetten Jahre sind vorbei. Ein für alle Mal vorbei …«

Jetzt wurde es dem Beamten mit der distanzlosen Art des Verkehrssünders offenbar zu bunt.

»Wenn Sie nicht bald mit dem Taxi hier verschwunden sind, setzt es eine Anzeige«, entgegnete dieser ungeduldig. Dabei verlieh er seiner Aufforderung mit einer unbeholfen rudernden Bewegung des linken Armes Nachdruck. Offenbar war der Arm im Ellbogengelenk versteift.

Thomas verzichtete auf weitere Einwände und ging zum Taxi zurück. Er ließ den Motor an, setzte den Blinker und beschleunigte den Mercedes behutsam.

Im Rückspiegel beobachtete er, wie einer der Beamten die kleine Lichtung lustlos inspizierte. Dass der Polizist die Tasche so nicht finden konnte, beruhigte ihn. Allerdings war unklar, warum die Streife keine Anstalten machte, weiterzufahren.

Irgendetwas schien die Beamten aufzuhalten.

*

Pünktlich um sechs Uhr übergab er sein Taxi.

Danach fuhr er mit der Stadtbahn zum Denkmal.

Systematisch suchte er den Platz ab, doch die Tasche blieb unauffindbar.

Damit gab es zwei Möglichkeiten: Der potenzielle Empfänger hatte die Tasche gefunden, dann war alles gut.

Oder die Streife hatte sie doch noch entdeckt.

Dann musste er mit einer Fahndung rechnen.

Die Sorgen

Sie hatten sprichwörtlich von Luft und Liebe gelebt.

Ihr Mann war nach Bewährungsende weiter im Sozialdienst tätig und nebenbei Taxi gefahren. Ines hatte nach dem Abitur gekellnert und als Model gut dazu verdient.

Als sie wussten, dass sie bald zu dritt sein würden, beschlossen sie, ihr Leben zu ändern.

Thomas hatte keinen qualifizierten Abschluss, Ines die Hochschulreife. Sie entschieden, dass Ines nach der Stillzeit studieren würde. Ihr Mann sollte mit Taxifahren den Lebensunterhalt sichern.

Zudem hatte ihnen ihre Mutter den Einzug in das elterliche Haus angeboten und war in die kleine Einliegerwohnung ausgewichen.

Wenige Monate nach der Entbindung nahm Ines das Studium der Wirtschaftswissenschaften auf.

Selten einmal kam es zu Streitereien, wenn Prüfungsstress, Nachtschicht und Kinderlärm die Nerven strapazierten.

In solchen Momenten trat zumeist ihre Mutter auf den Plan; sie vertrieb die dunklen Wolken mit einer Flasche Wein oder Theaterkarten.

Es sollte auf Jahre hinaus die glücklichste Zeit im Leben von Ines Lindberg bleiben.

Die Aufträge

»Monster sind das, Thomas, *Monster!*«

Beschwörend hob El-Gadavi die Arme.

»Und Jamal schämt sich, mit solchen Leuten Geschäfte machen zu müssen. Diese Typen kennen kein Erbarmen und keine Freunde. Was sind wir ohne Freunde? Was wäre Jamal ohne seine Freunde? Ein Nichts, ein *Niemand!*«

Thomas Lindberg musterte derweil dessen stämmige Begleiter – Schlägertypen mit regungslosen Gesichtern.

El-Gadavi hatte die Shisha-Bar als Treffpunkt vorgegeben. Die Art, in der sein Gastgeber beim Eintreten begrüßt worden war, hatte Bände gesprochen: Entweder war er selbst der Inhaber oder eine Art Ehrengast von großer Bedeutung.

»Und schau, die Sache mit der Tasche. Ich verstehe das, *Jamal* versteht das, glaub mir!«, fuhr dieser fort.

Thomas' Gegenüber schien Gefallen daran zu finden, von sich selbst in der dritten Person zu reden.

»Es war dunkel, du warst allein, dein erster Auftrag. Und dann *Pow!*«, mit einem klatschenden Geräusch schlug El-Gadavi seine Faust in die Hohlhand, »die Bullen sind da!«

Thomas wollte etwas erwidern, doch sein Gegenüber bremste ihn mit erhobener Hand.

»Ich verstehe das, Jamal versteht es, glaub mir. Aber sie, diese Männer, *diese* Männer verstehen es nicht. Das sind geldgierige Bestien. Die kennen nur Auge um Auge und Zahn um Zahn!«

Dann beugte sich El-Gadavi vor, senkte die Stimme und fasste Thomas vertraulich an der Schulter. Es schien, als wolle er ein streng gehütetes Geheimnis preisgeben.

»Ich habe zu ihnen gesagt: *Ja, Thomas hat einen Fehler gemacht, als er die Tasche wegwarf. Einen teuren, sehr, sehr teuren Fehler. Aber Thomas ist ein Freund, er gehört zur Familie. Und er wird den Schaden wiedergutmachen!*«

Mit diesen Worten lehnte sich sein Gegenüber zurück.

»Das habe ich ihnen versprechen müssen. Sie wollen jetzt, dass du Reue zeigst. Reue und Respekt. Sie werden dich um einen Gefallen bitten, durch mich. Den einen oder anderen Gefallen. Wenn du etwas Respekt zeigst, als mein Freund, dann brauchst du dir keine Sorgen zu machen. Jamal regelt das mit diesen Bestien. Bleib an Jamals Seite, dann bist du sicher. *Ihr* seid dann sicher! Du und deine ganze Familie. Deine liebe Frau Ines und dein Sohn Bastian. Ein echter Prachtbursche! Ihr müsst unglaublich stolz sein ...!«

Unwillkürlich zuckte Thomas bei der Erwähnung seiner Familie zusammen.

Lächelnd trank El-Gadavi jetzt einen Schluck Tee und lehnte sich zurück.

Dann erteilte er Thomas die Erlaubnis zu antworten.

*

Es war die Drohung gegen seine Familie.

Diese hatte ihn gefügig gemacht.

In der Folge häuften sich Anrufe und Aufträge.

Thomas konnte durchsetzen, dass die Kontakte ausschließlich über sein Diensthandy geführt wurden.

Sie bestellten ihn nun ein- bis zweimal wöchentlich an den Stadtsee oder in öffentliche Parks – häufig zu Uhrzeiten, zu denen er auf Bastian aufpassen musste.

Dann nahm er seinen Sohn mit und platzierte ihn auf einer Parkbank in Sichtweite. Die Wartezeit verkürzte er mit Comicheften und Süßigkeiten.

Bei den Aufträgen handelte es sich um Transporte zu Partys und Feiern, meist in teuren Wohngegenden. Er hatte dort an der Tür zu klingeln und ein Codewort zu nennen. Danach fanden Waren- und Geldübergabe in einem Nebenraum statt.

Thomas fiel es zusehends schwerer, mit Ines über andere Dinge als Alltägliches zu sprechen.

Er hätte die Sorgen gern mit ihr geteilt. Aber seine Frau war mit Studium, Haushalt und Kindererziehung bereits mehr als ausgelastet.

Dieses Problem würde er allein lösen müssen.

Der Renault

Ihr Mann schlief tief und fest.

Überrascht schloss Ines die Tür zum Schlafzimmer.

Normalerweise arbeitete Thomas um diese Zeit im Garten oder machte Besorgungen.

Sie stellte Bastians Mittagessen in die Mikrowelle, goss eine Apfelschorle ein und rief ihren Sohn zum Essen.

Anschließend räumte sie die Küche auf radelte nachdenklich zum Treffen ihrer Seminargruppe.

*

Das Arbeitstreffen endete pünktlich.

Einige Kommilitonen versuchten, Ines zum Bleiben überreden. Doch diese lehnte dankend ab, da sie vor Beginn der Taxischicht zurück sein wollte.

Zu Hause angekommen öffnete sie behutsam die Eingangstür, um Ehemann und Sohn zu überraschen. Aber Thomas hatte das Haus bereits verlassen.

»Papa musste früher weg. Er ruft nachher an, vom Handy«, erklärte der Sohn seiner enttäuschten Mutter. »Aber du sollst mal in die Garage schauen …«

Als Ines den Lichtschalter in der Garage betätigte, verschlug es ihr den Atem: Vor ihr stand ein nagelneuer Renault Clio.

Für einen Moment wurde ihr schwindlig und sie musste sich auf die Trittstufe setzen. Als sie die Blicke ihres Sohnes im Rücken spürte, stand sie wieder auf und trat an den Wagen heran. Unter dem Scheibenwischer klemmte eine Karte mit einem Herzen auf der Vorderseite: *In Liebe, Thomas* stand auf der Innenseite.

Gerührt las sie die Nachricht ihres Mannes.

»Aber Mami, freust du dich denn nicht?«, wollte Bastian wissen.

»Natürlich, freue ich mich. Ganz, ganz doll sogar«, erwiderte sie lächelnd, gab ihrem Sohn einen Kuss und dirigierte ihn zurück ins Haus.

Unter anderen Umständen hätte sie sich tatsächlich unbändig gefreut. Aber Thomas hatte sich verändert. Er war schweigsam und einsilbig geworden. Gleichzeitig schienen sich sämtliche Geldnöte in Luft aufgelöst zu haben.

All das konnte nicht mit rechten Dingen zugehen.

Die Party

Es konnte nur eine Zivilstreife sein.

Unter den zahlreichen Luxuskarossen dieser exklusiven Wohngegend stach das graublaue Behördenauto heraus, als sei es in Signalfarbe lackiert.

Im Schritttempo passierte Thomas die Streife und blickte hinüber; offenbar saßen zwei Beamte im Fahrzeug.

Der Fahrer forderte ihn nun mit einer rudernden Armbewegung zum zügigen Passieren auf.

Thomas war wie vom Donner gerührt.

Dieselbe unbeholfene Geste war ihm schon einmal begegnet: Es konnte nur der Beamte sein, der ihn in der Nacht am Reiterdenkmal verwarnt hatte.

Er befolgte die Aufforderung, beschleunigte das Taxi und hielt erst direkt vor der Auffahrt wieder an.

Tausend Gedanken schossen ihm nun durch den Kopf. Aber es blieb keine Zeit, über das unerwartete

Zusammentreffen mit der Streife nachzudenken. Zudem war es zu spät, um ohne Fahrgast weiterzufahren. Er rechnete fest damit, dass die Beamten ihn bei der kleinsten Auffälligkeit kontrollieren würden.

Dabei fiel sein Blick auf das Paket. Ausgerechnet an diesem Abend war seine Lieferung ungewöhnlich voluminös.

Er stellte den Motor ab und betätigte den Warnblinker. Dann bückte er sich zur Mittelkonsole hinunter. Dabei schubste er das Paket in den Fußraum und von dort unter den Beifahrersitz.

All das brauchte nur Sekunden und musste von Weitem unverdächtig wirken.

*

Thomas Lindberg ging zum Eingang und musterte zunächst prüfend die Hausnummer.

Dann betätigte er den Klingelknopf, der sich in einem stilisierten Löwenkopf verbarg, und wartete. Selbst durch die massive, hölzerne Eingangstür drang die Musik lautstark nach draußen.

Erst nach wiederholtem Schellen wurde die Tür geöffnet.

Vor ihm stand ein Mittdreißiger in einem purpurfarbenen Samtanzug, mit nach hinten gegelten Haaren.

Kurzzeitig erwog Thomas, das Codewort zu nennen, den Mann zur Seite zu ziehen und ihn auf die brisante Situation aufmerksam zu machen. Aber die glasigen Augen und unsicheren Bewegungen seines Gegenübers erstickten die Überlegungen schon im Keim; bei diesem Mann konnte es sich unmöglich um den Abnehmer des Drogenpakets handeln.

Stattdessen hielt er ihm den Taxiausweis entgegen und bahnte sich den Weg in das Innere.

Bereits nach wenigen Metern gab es kein Vorwärtskommen mehr. Seinen eigentlichen Kontaktmann in der feiernden Menge zu finden, schien aussichtslos. Auch die Hoffnung auf einen zufälligen Fahrgast im Eingangsbereich zerschlug sich rasch. Offenbar hatte die Party gerade erst begonnen.

Ohne Fahrgast zum Wagen zurückkehren, hätte allerdings den Argwohn der Beamten erregt.

Wieder fiel sein Blick auf den Mann, der ihm geöffnet hatte.

Dieser stützte sich mittlerweile mit ausgestrecktem Arm an einer Säule ab. Der Kopf hing herunter und ein Bein war nach hinten ausgestellt, als könne dies dem fragilen Konstrukt eine Reststabilität verleihen.

Thomas drängelte sich nun zu ihm durch.

»Taxi?«, brüllte er der Form halber und bedeutete mit den Händen das Bedienen eines Lenkrades.

Wie erwartet vermochte sein Gegenüber nicht, zu ihm hochzusehen, geschweige denn zu antworten.

Kurzentschlossen packte er den Mann unter der Achsel und zog dessen linken Arm über die eigene Schulter. Für einen unbeteiligten Beobachter musste es so aussehen, als hole der Fahrer einen betrunkenen Gast ab.

Er wartete, bis neue Gäste eintraten. Dann schleifte er seinen unfreiwilligen Fahrgast ins Freie. Nach wenigen Metern erbrach sich der Mann heftig und stellte jegliche Gegenwehr ein.

Thomas Lindberg schleppte das vollgekotzte, purpurne Häufchen Elend zum Taxi und platzierte es auf der Rückbank.

Niemand konnte jetzt noch ernsthaft auf die Idee kommen, das Taxi zu kontrollieren.

Erleichtert ließ er sich in den Fahrersitz fallen.

Das Gespräch

»Wir müssen reden, Ines!«

Die alte Dame machte einen besorgten Eindruck.

»Es muss nicht jetzt und sofort sein. Aber schieb es bitte auch nicht auf die lange Bank.«

Die beiden Frauen standen an diesem Freitagabend in der Küche und räumten auf.

Thomas hatte Nachtschicht und Bastian war nach dem Essen in sein Zimmer verschwunden.

Verlegen sah Ines ihre Mutter an.

»Ich glaube, ich weiß, was dich bedrückt …«, antwortete sie nach kurzem Zögern.

Im selben Augenblick kam Bastian im Schlafanzug hereingestürmt.

»Mama, Oma, schaut mal, was ich Tolles gebastelt habe!«, rief er. Dabei schwang er ein kleines Modellflugzeug über seinem Kopf.

Beide Frauen bestaunten das Ergebnis der Bastelei gebührend. Dann erinnerte Ines ihren Sohn daran, dass es höchste Zeit zum Schlafengehen sei.

Als der Junge in seinem Zimmer verschwunden war, nahm sie den Gesprächsfaden wieder auf.

»Ich, ich meine Thomas …«, begann Ines, wurde aber vom Klingeln des Telefons unterbrochen. Mit einer

Handbewegung bedeutete die Mutter ihr lächelnd, das Telefonat anzunehmen.

Ines hatte mit dem Anruf ihres Mannes gerechnet.

Doch nur ein schweres, ächzendes Atemgeräusch war vernehmbar. Die Telefonnummer hatte der Anrufer unterdrückt.

Ines legte auf und kehrte zu ihrer Mutter zurück.

»Ein anonymer Anruf«, antwortete sie auf deren fragenden Blick, um dann hinzuzufügen: »Als hätten wir nicht schon genug Sorgen …«

Beide schwiegen nun.

Der Taxihof

Der beißende Geruch hatte den ganzen Innenraum durchsetzt.

Mit Mühe gelang es Thomas, seine Übelkeit niederzukämpfen. Eine Weiterfahrt war nur mit heruntergelassenen Scheiben und aufgerissener Lüftung möglich.

Sobald das Stadtzentrum erreicht war, lenkte er das Taxi an den Straßenrand. Er bugsierte sein Opfer auf eine Parkbank und deckte den Mann trotz milder Temperaturen mit einer Wolldecke zu.

Dass sich der vollgekokste Partygänger an irgendetwas aus dieser Nacht würde erinnern können, schien ausgeschlossen. Personentransporte verboten sich nun von selbst und Thomas Lindberg beschloss, zum Taxihof zurückzukehren.

Dort angekommen, reinigte er Sitze und Fußraum mit Seifenlauge und Bürste. Dann holte er ein Raumspray aus dem Büro und nebelte damit jede Ecke und

Ritze des Wageninneren ein. Das Paket versteckte er im Kofferraum.

Bis zum Schichtwechsel lagen noch dreieinhalb Stunden vor ihm. Er beschloss, die Zeit für einen Kurzschlaf zu nutzen, und machte es sich bequem, so gut es ging. Dass der Motor wegen der Klimaanlage laufen musste, war ihm in diesem Augenblick egal.

Am frühen Morgen würde er El-Gadavi anrufen und das Paket zurückgeben.

Jetzt war es höchste Zeit, dem Ganzen ein Ende zu bereiten.

Der Abgrund

»Nein, um Himmels willen, *nein!*«

Schreiend war Ines aus einem Albtraum aufgewacht.

Darin hatte sie mit ihrer Familie eine Wanderung unternommen. Plötzlich war der Boden unter ihnen weggebrochen und hatte den Blick in einen tiefschwarzen Abgrund freigegeben. Mit unwiderstehlicher Kraft waren sie alle in den dunklen Schlund gezogen worden.

Ihre Hand tastete nach dem Wecker.

Es war mitten in der Nacht.

Bastian steckte nun seinen Kopf durch die Tür.

»Alles in Ordnung, Schatz. Mama hat nur schlecht geträumt!«, versuchte sie, ihren Sohn zu beruhigen, und schaltete das Zimmerlicht an. Doch sein erschreckter Gesichtsausdruck sprach Bände.

»Komm, wir kuscheln. Dann schläfst du gleich wieder ein.«

Erleichtert schlüpfte ihr Sohn unter die hochgeschlagene Bettdecke. Binnen kurzer Zeit waren die gleichmäßigen Atemzüge des Kindes zu hören.

Ines hingegen fand in dieser Nacht keinen Schlaf mehr.

Die Limousine

Ein Geräusch hatte Thomas geweckt.

Der Taxihof lag noch im Dunkeln.

Nur von der Straße drangen unruhige Lichtreflexe herüber und leckten über die Silhouetten des verschachtelten Hofes. Für den Bruchteil einer Sekunde strich das Licht dabei über eine große, dunkle Limousine, die sich dem Taxi bereits bedrohlich genähert hatte.

Ein gewaltiger Schreck durchfuhr Thomas und jede Müdigkeit war wie weggeblasen.

Unter anderen Umständen hätte es kein Entkommen gegeben. Doch bei laufendem Motor reichte eine Armbewegung, um das Automatikgetriebe in Gang zu setzen. Gleichzeitig trat er mit Leibeskraft auf das Gaspedal.

Auch die Limousine in seinem Rücken machte nun mit hochtourigem Motorgeräusch einen gewaltigen Satz nach vorne. Dennoch entschied der alte Mercedes den Kampf um die schmale Ausfahrt mit denkbar knappstem Vorsprung für sich.

Unter dem wütenden Gehupe eines Kleinlasters fädelte Thomas das Taxi in den morgendlichen Verkehr.

Anfangs konnte er die Verfolger noch im Rückspiegel sehen.

Doch kurz darauf hatte er diese bereits abgeschüttelt.

Nach einer Stunde Fahrt durch die Vororte bog er ab.

Es war die Ausfallstraße zum Benther Berg, einem beliebten Ausflugsziel.

Um diese Tageszeit war der Parkplatz der Gaststätte wie ausgestorben. Er lenkte den Wagen unter eine große Kastanie, stellte den Motor ab und sank gegen die Rückenlehne.

Druck und Schrecken begannen zu weichen, gleichzeitig übermannte ihn die Müdigkeit.

Binnen Sekunden war er eingeschlafen.

Der Morgen

Kein Kaffeeduft zog durch die Räume.

Und keinerlei Küchengeräusche waren vernehmbar.

Offensichtlich war Thomas' von der Nachtschicht nicht zurückgekehrt.

Natürlich war es immer mal wieder vorgekommen, dass ihr Mann für erkrankte Kollegen hatte einspringen müssen. Doch dann hatte er sich stets frühzeitig gemeldet.

Vorsichtig, um Bastian nicht zu wecken, stand Ines auf, und ging zur Kommode. Sie nahm das Handy aus dem Ladegerät und prüfte die Anrufliste. Doch weder gab es Anrufe noch eine SMS oder WhatsApp-Nachricht.

Nichts, keinerlei Lebenszeichen.

Verzweifelt wählte sie seine Handynummer.

Aber auch hier antwortete nur die Mailbox.

*

Wie von Geisterhand gelenkt ging sie unter die Dusche, kleidete sich an und bereitete Bastians Frühstück zu.

Eigentlich war ihr Mann für die Wochenendeinkäufe zuständig. Aber darauf zu warten, schien an diesem Morgen keinen Sinn zu ergeben.

Ines inspizierte den Kühlschrank und lud die Getränkekisten ins Auto.

Auf dem Weg zum Einkaufen musste sie das Fahrzeug an den Straßenrand lenken.

Dann brach sie in Tränen aus.

Die Bedrohlichkeit des Traums war allgegenwärtig.

Irgendetwas Unheilvolles musste geschehen sein.

Das Pulver

Zahllose Anrufe waren eingegangen.

Thomas Lindberg rieb sich die Augen und blickte auf die Uhr. Mehr als vier Stunden musste er geschlafen haben.

Dann prüfte er das Eingangsverzeichnis.

Die meisten Anrufe stammten von Ines und dem Taxihof. Aber auch Anrufer mit unterdrückter Nummer hatten mehrfach versucht, ihn zu erreichen. Da das Telefon auf lautlos gestellt war, hatte er sämtliche Anrufe sprichwörtlich verschlafen.

Er stieg aus dem Wagen, reckte sich und wandte sich zum Eingang. Doch bereits von Weitem war der Aushang ›Betriebsferien‹ erkennbar.

Thomas machte auf dem Absatz kehrt und beschloss, zunächst seine Fracht zu kontrollieren. Danach würde er über weitere Schritte nachdenken können.

Er öffnete den Kofferraum, hob mit der linken Hand die Bodenplatte an und zog das fest verschnürte Paket hervor. Erst mithilfe eines Schraubenziehers gelang es ihm, die robuste Verpackung zu öffnen.

Es mussten mindestens vierzig Einzeltüten eines weißen Pulvers sein, das durch die Plastikhülle leicht bläulich schimmerte.

Ein Blick genügte ihm, um zu erkennen, welche beträchtliche Summe sich hinter dieser Fracht verbarg.

Es war ihm schleierhaft, warum man gerade ihm einen solchen Transport anvertraut hatte. Nur seine Familie konnte die Auftraggeber so in Sicherheit wiegen.

Er holte das Handy aus der Tasche und wählte Gadavis Nummer.

Als Allererstes musste er diesen und dessen Hintermänner bezüglich des Drogenpakets beruhigen.

Dann galt es, die Rückgabe zu vereinbaren. Bei dieser Gelegenheit würde er El-Gadavi auch vom Ende der Kurierfahrten in Kenntnis setzen können.

Danach wollte er Ines anrufen.

Und erklären, was am Telefon zu erklären war.

*

Nur Gadavis Mailbox antwortete.

Während Thomas zum wiederholten Mal die Ansage abhörte, erregte ein rot blinkendes Lichtsignal seine Aufmerksamkeit. Dieses kam aus dem Spalt zwischen Reserverad und Muldenwand.

Hastig versenkte er das Handy in der Hosentasche. Er riss das Reserverad heraus und barg das knapp würfelgroße, blinkende Teil.

Offensichtlich handelte es sich um einen Peilsender, der dem Paket zur Nachverfolgung beigefügt worden war.

Mit wenigen Tritten zertrümmerte er den Sender. Das Überbleibsel schleuderte er in das Waldesinnere.

Dann sprang er auf den Fahrersitz und raste los.

Nur Sekunden später passierte er den Chrysler.

Die Kavallerie

Es schien aussichtslos.

Mehrfach hatte sie versucht, Thomas zu erreichen.

Aber stets vergeblich.

Mittlerweile war es Samstagmittag und noch immer gab es keine Nachricht ihres Mannes.

Sie begann den Tisch für den Nachmittag zu decken.

In einer knappen Stunde würde ihre Kommilitonin Bernadette vor der Tür stehen. Sie hatten sich zu einem unbeschwerten Nachmittag mit Kaffeeklatsch verabredet.

Angesichts der Sorgen hatte sie die Verabredung eigentlich verschieben wollen. Aber ihre Freundin hatte das Handy offenbar ausgeschaltet.

Und mittlerweile war es zu spät für eine Absage.

*

Pünktlich ertönte die Türklingel.

Auf dem Weg zum Eingang beschloss Ines, ihren Kummer auszublenden, so gut es ging.

Mit einem Lächeln öffnete sie die Haustür.

Ihr gegenüber stand ein dunkelhaariger, kleiner Mann. Mit buschigen Brauen und gekrümmter Nase, in einem zeitlos alten Gesicht.

Er sprach mit hartem Akzent, aber betont ruhig und freundlich. So, als hätte er es mit einem kleinen Mädchen zu tun, das nicht sofort alles verstand.

»Frau Lindberg, nehme ich an? Ich bin ein Freund Ihres Mannes und hätte ihn gern gesprochen. Natürlich nur, wenn es nicht zu viel Umstände macht.« Dabei lächelte er mehr unverschämt als höflich.

Sie hatte schon eine passende Antwort parat, als sie dessen Begleiter wahrnahm. Beide ähnelten sich in ihrer Art, mit stämmiger Figur und ausdruckslosen, groben Gesichtszügen. Sie trugen Trainingsanzüge aus Ballonseide und einer der beiden hatte goldfarbene Sneaker an den Füßen.

»Wer sind Sie und was wollen Sie?«, fragte Ines.

Dabei erschrak sie über den heiser-aggressiven Klang der eigenen Stimme.

»Ich sagte es bereits, gnädige Frau, wir sind Freunde Ihres Mannes. Oder genauer sagt, *ich* bin der Freund und das sind weitere Freunde von mir.« Dabei drehte er sich angedeutet zu seinen Begleitern um.

Ines nahm nun allen Mut zusammen.

»Mein Mann ist nicht zu Hause. Aber auch wenn er da wäre, glaube ich nicht, dass er mit Ihnen oder Ihren Begleitern sprechen wollte!«, brachte sie mit erhobener

Stimme vor, als sich Bastian plötzlich an ihre Seite drängte.

»Mama, was wollen die Männer?«, fragte er ängstlich.

Ines beugte sich zu ihrem Sohn herunter. »Nichts, sie haben sich nur nach dem Weg erkundigt und wollen gerade gehen. Jetzt ab ins Haus mit dir!«, beruhigte sie ihn.

Beim Aufrichten erkannte sie, dass es ein Fehler gewesen war, die Männer auch nur für einen Moment aus den Augen zu lassen.

Der Wortführer war noch weiter herangetreten und stand mit seinen Begleitern unmittelbar vor ihr. Seine Stimme hatte plötzlich einen völlig anderen Klang.

»Jetzt hör mal zu, Schätzchen!«, fauchte er.

»*Sie* hören jetzt einmal zu!«, tönte es plötzlich hinter ihr.

Und obwohl Ines wusste, dass es nur ihre Mutter sein konnte, erschrak sie. Nie zuvor hatte sie die alte Dame mit derart lauter und herrischer Stimme reden hören.

»Sie verlassen auf der Stelle mein Grundstück, auf demselben Weg, auf dem Sie es betreten haben. Und zwar *unverzüglich!*«, forderte ihre Mutter die Männer im Befehlston auf.

Diese hatten Anstalten gemacht, Ines ins Haus zu drängen, und schienen durch den donnernden Auftritt der alten Dame nicht minder überrascht worden zu sein.

Während die Situation für einen Moment unüberschaubar war, rollte plötzlich ein Kleinbus in die Einfahrt.

Ein halbes Dutzend Männer in Trainingskleidung sahen aus dem Bus interessiert herüber. Offenbar kam

Bernadette mit ihrem Freund vom Fußballplatz und wurde mit dem Mannschaftswagen vorbeigebracht.

Wie die Kavallerie in einem alten Western, schoss es Ines durch den Kopf.

Der Wortführer blickte kurz zu seinen Begleitern und gab das Zeichen zum Rückzug. Das Trio drehte sich langsam weg und ging ohne jedes Zeichen der Eile zum Tor.

Kurz vor Erreichen der Pforte wandte sich der kleine Mann noch einmal um: »Und, gnädige Frau, bitte die Grüße an den werten Gatten nicht vergessen.«

»Wie war der Name, ich habe Ihren Namen nicht verstanden!«, rief Ines hinterher, in der Hoffnung auf eine unbedachte Antwort.

Der Mann lächelte kurz, als würde ihn das Manöver amüsieren und antwortete: »Sagen Sie einfach, ein Schulfreund war da *Sein* Schulfreund war da!«

Mit diesen Worten verließ die bedrohliche Gruppe das Grundstück und stieg in eine schwarze Limousine.

*

Ihre Kommilitonin hatte sich zwischenzeitlich vom Freund verabschiedet und eilte mit ausgestreckten Armen auf sie zu.

»Du musst entschuldigen«, rief diese schon von Weitem. »Es ging doch um den Aufstieg heute. Und sie waren *so* nahe dran!«

Die gegenläufige Bewegung von Daumen und Zeigefinger sollte wohl andeuten, dass die Mannschaft den Erfolg nur um Haaresbreite verpasst hatte.

Ines beruhigte ihre Freundin.

Winkend verabschiedeten sie nun den Bus.

Der Fluchtpunkt

Deswegen hatten sie ihn am Morgen ziehen lassen!
So war es für seine Verfolger viel risikoärmer.

Ihn über den Peilsender in seinem Taxi zu orten, statt über spektakuläre Verfolgungsjagden.

Dass er sie dennoch gerade dazu gezwungen hatte, verschaffte Thomas Lindberg für einen kurzen Augenblick Genugtuung.

Er versuchte, seine Verfolger über enge Wohnstraßen abzuschütteln. Aber schon das filmreife Wendemanöver des Chryslers hatte erkennen lassen, dass ein Profi am Steuer saß.

Unerwartet rasch erreichte er das Ortsende.

Einzig die Landstraße lag jetzt noch vor ihm. Hier gab es für den alten Mercedes keine Chance, der hochmotorisierten Limousine zu entkommen.

Ungeachtet der Aussichtslosigkeit seiner Situation gab er dem Taxi noch einmal die Sporen. Der Mercedes mobilisierte bereitwillig seine letzten Kraftreserven, so als habe er den Ernst der Situation verstanden.

Thomas erkannte in der Ferne die Umrisse der Bundesstraße. Gleichzeitig wusste er, dass er diese nicht mehr erreichen konnte. Dann wendete er den Blick wieder zum Außenspiegel.

Zu seiner Überraschung war der schwarze Chrysler zurückgefallen. Auf diese Entwicklung konnte er sich keinen Reim machen. Weder gab es Hinweise auf eine Reifenpanne noch auf einen sonstigen technischen Defekt am Wagen seiner Verfolger.

Mit unverändert hoher Geschwindigkeit lenkte er das Taxi in eine lang gestreckte Rechtskurve.

Spät erst nahm Thomas die Polizeistreife wahr.

Offenbar hatte er eine Radarkontrolle übersehen.

Deswegen waren seine Verfolger auch zurückgefallen.

Zum ersten Mal war er für einen Strafzettel zutiefst dankbar.

Die Rückfragen

Gedankenverloren schloss sie die Eingangstür.

Der Kaffeeklatsch mit ihrer Freundin hatte den furchterregenden Besuch des Trios kurzzeitig in den Hintergrund treten lassen.

Doch jetzt, nach Bernadettes Abschied, kehrte die Erinnerung mit Nachdruck zurück.

Ines ging in Bastians Zimmer. Ihr Sohn hatte die Bedrohlichkeit der Situation wahrgenommen und schien immer noch verängstigt.

Das Bemühen, den übergriffigen Besuch als eine simple Verwechselung darzustellen, scheiterte rasch; offenbar hatte Bastian bereits den Anfang des Gesprächs mitbekommen, als der Wortführer sie mit Namen angeredet hatte.

Ines suchte fieberhaft nach anderen plausiblen Erklärungen für die Ereignisse des Nachmittags. Aber es wollte ihr partout nichts einfallen, was der Prüfung durch den wachen Verstand ihres Sohns standgehalten hätte.

So ließ sie seine weiteren Rückfragen unbeantwortet und gab ihm nur einen stummen Kuss.

Ratlos kehrte sie danach ins Wohnzimmer zurück.

Die Kontrolle

Der Beamte winkte ihn mit erhobener Kelle heraus.

Mit gebührendem Abstand stoppte Thomas das Taxi.

Dann öffnete er das Handschuhfach und nahm den Fahrzeugschein heraus.

Als er den Kopf wieder hob, stand der Beamte bereits neben dem Taxi.

Er wollte gerade das Fenster herunterlassen, als er im Außenspiegel den zweiten Beamten aussteigen sah.

Es war dessen ungelenke, rudernde Bewegung des linken Armes, die Thomas sofort wiedererkannte.

Rasch betätigte er die Zentralverriegelung und beugte sich erneut zur Beifahrerseite. Er deponierte Handy und Portemonnaie im Handschuhfach. Danach schloss er das Fach und brach den Schlüssel durch Verkanten ab.

Die dunklen Umrisse im Rückspiegel verrieten, dass der schwarze Chrysler direkt hinter ihm zum Halten gekommen war.

Thomas Lindberg holte tief Luft.

Dann entriegelte er die Türen.

*

Was für ein Schauspiel!
Die nächtliche Polizeikontrolle am Denkmal, die verschwundene Tasche und die angeblich gefährlichen Auftraggeber im Hintergrund.

Alles ein abgekartetes Spiel.

Eine Choreografie, um neue Kuriere gefügig zu machen.

Auch der größere Auftrag am Abend zuvor hatte nur dazu gedient, Thomas' Zuverlässigkeit als Kurier zu testen. Deswegen hatten sie die Polizeistreife dorthin gesandt. Nicht um Besucher einer Koksparty zu überwachen.

Allerdings hatten sie nicht damit gerechnet, dass er den korrupten Beamten wiedererkennen würde. Und deswegen davor zurückschrecken könnte, das Drogenpaket auszuliefern.

Trotz seiner bedrohlichen Situation, gefesselt im Kofferraum der Peiniger, war alle Angst von ihm gewichen.

Er hatte nur noch das brennende Bedürfnis, Ines und Bastian alles zu erklären.

Und sie einmal noch in den Arm zu nehmen.

Das Schicksal

Eine gespenstische Ruhe herrschte im Haus.

Und nichts half, ihre Sorgen zu zerstreuen.

Am liebsten hätte Ines laut aufgeschrien, um die erstickende Stille zu vertreiben.

Immer deutlicher spürte sie jetzt ihren aufgeregten Herzschlag.

Die fehlenden Lebenszeichen ihres Mannes und die Erinnerung an den bedrohlichen Besuch befeuerten ihre Ängste dabei immer wieder aufs Neue.

Kurz darauf klopfte ihre Mutter an die Tür.

Die alte Dame trat sehr bestimmt auf.

Ines musste versprechen, mit Thomas zu reden, spätestens am Folgetag.

Doch das Schicksal sollte anders entscheiden.

Die Leichtigkeit

Sie zerrten ihn aus dem Kofferraum.

Dann drückten sie ihn rücklings auf die Haube.

Thomas Lindberg hatte erwartet, niederknien zu müssen. Oder das Entsichern einer Schusswaffe zu hören. Er hatte mit Schlägen oder einem finalen Messerstich gerechnet.

Aber nichts dergleichen passierte.

Seine Bewacher, die das Drogenpaket längst gefunden hatten, unterhielten sich auf Arabisch. Zuletzt glaubte er, das Wort »Doktor« herauszuhören. Der Rest ging im Motorengeräusch eines nahenden Wagens unter.

Das Auto stoppte wenige Meter entfernt und eine Person stieg aus. Den Schritten nach war es ein großer Mann, der sich ihnen zügig näherte. Die Männer stellten ihre Unterhaltung nun ein.

Totenstille, schoss es Thomas durch den Kopf.

Diese Stille verriet, dass es zwischen dem Neuankömmling und dessen Gehilfen keinerlei Absprachen mehr bedurfte.

Es war eine eingespielte Todesschwadron.

Mit lähmender Gewalt spürte er jetzt das Ende nahen.

Gleichzeitig kam Bewegung in seine Bewacher.

Während zwei Männer ihn festhielten, krempelte ein dritter Thomas' Ärmel hoch und zog einen Stauschlauch um den Oberarm. Kurz darauf drang die Nadel in seine Vene ein.

Ein Meer von grellbunten Blüten tauchte nun vor seinen Augen auf und eine eisige Leichtigkeit begann ihn davonzutragen.

Weiter, immer weiter.

Die Nachricht

Es war kurz nach Mitternacht.

Das Türläuten hatte sie geweckt.

Ines zog sich eine Strickjacke über, ging zum Eingang und sah durch den Spion: Draußen stand ein Streifenwagen.

Sie öffnete die Tür und wusste, dass in ihrem Leben von nun an nichts mehr so sein würde wie zuvor.

Wieder begann ihr Herz zu rasen.

Übelkeit und Kaltschweißigkeit überfielen sie.

Die Nachricht vom Tode ihres Mannes erreichte Ines Lindberg nicht mehr.

TEIL 2: DIE KRANKHEIT

Hannover, im Oktober 2017

Das Bild

»Schlaf, Kleiner, schlaf …!«

Summend verließ Ines Lindberg das Kinderzimmer.

Im Flur hielt sie das Thermometer erneut unters Licht. Unerbittlich blieb es bei 39,7 °C stehen.

Im Medikamentenschrank fanden sich zahlreiche Tabletten, aber ausgerechnet Fiebermittel waren aufgebraucht. Mittlerweile hatten die Praxen geschlossen, sodass nur der Gang zur Notdienstapotheke blieb.

Es waren Abende wie dieser, an denen sie sich Unterstützung gewünscht hätte. Und nicht zuletzt eine Schulter zum Anlehnen.

Aber es war tatsächlich niemand erreichbar.

Ihre Freundinnen hatten mit Prüfungen und privaten Verpflichtungen selbst genug um die Ohren. Und ihre Mutter war für einige Tage verreist.

Als Ines ins Wohnzimmer zurückkehrte, fiel ihr Blick auf das silbern gerahmte Bild: Es zeigte einen lachenden Thomas Lindberg im Kreis der Familie.

Zweieinhalb Jahre waren seit jenem Tag vergangen, an dem ihr Mann mit einer Nadel im Arm tot aufgefunden worden war.

Der Alltag hatte längst wieder Einzug gehalten, aber der Schmerz war geblieben.

*

Ärztlicher Notdienst.

Direkt unterhalb der Apothekenliste hatte der Browser diese Rubrik aufgerufen.

Ines hielt inne und lehnte sich nachdenklich zurück.

Am Folgetag stand die mündliche Abschlussprüfung an der Uni bevor.

Sie hatte sich sorgfältig vorbereitet. Aber es war ihr auch ein schwieriger Prüfer zugelost worden. Erschöpft oder übernächtigt anzutreten, war unter diesen Umständen keine gute Idee.

Die Erfahrungen der letzten Monate hatten aber gezeigt, dass an eine Nachtruhe während Bastians fieberhafter Infekte nicht zu denken war.

Sie beschloss, die Notfallsprechstunde aufzusuchen. Dort würde sie um fiebersenkende Medikamente und eine Krankschreibung für den Folgetag bitten.

Nachdem die Entscheidung gefallen war, stand sie erleichtert auf und zog ihren Mantel an.

Sie warf einen prüfenden Blick auf das schlafende Kind, zog die Tür behutsam in das Schloss und ging zur Nachbarin.

Die ältere Dame versprach, nach Bastian zu sehen.

Die Rettungswache

»Hallo Doc! Wieder mal kein Zuhause?«

Es war kurz vor 19 Uhr, als Dr. Jan Lübbers aus dem alten Volvo stieg.

Die Sanitäter brachen gerade zu einer Einsatzfahrt auf und waren offenbar guter Laune.

»Wo geht's hin? Ist was für mich dabei?«, entgegnete er fragend.

»Nee, sieht nicht danach aus. Sturz in häuslicher Umgebung. Vermutlich nur 'ne Rissquetschwunde am Kopf. Geht in die Robert-Koch-Klinik zum Röntgen und Nähen«, antwortete der Fahrer aus dem Seitenfenster und ließ das vertraute Nageln des Dieselmotors erklingen.

»Trinken Sie erst mal 'nen Kaffee. Is' noch was in der Kanne.«

»Mach ich, danke. Bis nachher ...«, antwortete er und verabschiedete den Rettungswagen mit einem beiläufigen Gruß. Dann schloss er die Tür auf.

Die Diensträume waren im Erdgeschoss eines schmucklosen Plattenbaus untergebracht und wurden von Arzt und Rettungsdienst geteilt.

Im hinteren Teil befanden sich Küche und Räume der Sanitäter, im vorderen Teil die Ambulanz. Der Ambulanzraum selbst war klein und dunkel. Nur ein zerschlissener Vorhang trennte Schlafkoje und Nasszelle des Dienstarztes vom Behandlungsraum.

Die alten Möbel waren von Praxen aussortiert worden, die Gardinen seit Monaten ungewaschen und die alte Neonleuchte brummte kurzatmig vor sich hin.

Dieses Szenario löste bei Jan Lübbers regelmäßig den Wunsch aus, umzukehren und nach Hause zu fahren.

Aber so viel Dünkel konnte er sich nicht leisten.

Der Notdienst stellte ein willkommenes Zubrot dar.

*

Es schien ein ruhiger Dienst zu werden.

Als das Schellen ertönte, war Jan Lübbers mit einem Fachartikel beschäftigt. Er packte Butterbrot und Artikel beiseite und ging zur Tür.

Vor ihm stand eine junge Patientin, die er auf Ende Zwanzig schätzte. Sie war ungeschminkt und schlicht gekleidet, aber sicher das, was man als eine attraktive Frau bezeichnete.

Er stellte sich vor und bat sie in das Behandlungszimmer.

Die Tür zum Flur ließ er bei weiblichen Patienten grundsätzlich offen, um Missverständnissen vorzubeugen. Außer Arzt und Patientin befanden sich für gewöhnlich nur die Sanitäter in den Räumlichkeiten.

»Was kann ich für Sie tun?«, fragte er und forderte sie mit einer Handbewegung auf, Platz zu nehmen.

Die Besucherin berichtete von einer schweren Erkältung ihres Sohnes, den sie aber wegen des Fiebers nicht habe aufwecken und mitbringen wollen.

Sie bat um die Verschreibung fiebersenkender Medikamente für ihren Sohn und um eine Krankschreibung für sich selbst; am nächsten Tag stünden Prüfungen bevor, an denen sie wegen der Erkrankung des Kindes nicht würde teilnehmen können.

Bei jedem anderen Patienten hätte sich der Gedanke an Prüfungsangst aufgedrängt. Aber das ruhige und ernste Auftreten der Frau ließ eine solche Vermutung gar nicht erst aufkeimen.

Dennoch konnte er sie schlecht wegen der Erkältung eines Kindes krankschreiben, das er noch nicht einmal gesehen hatte.

Einen Moment lang musterte er die Besucherin schweigend. Selbst ein schniefendes Kind zu Hause, Prüfungsstress und das Neonlicht schienen ihrer Ausstrahlung nichts anhaben zu können.

»Glauben Sie mir nicht?«, fragte diese nun besorgt nach, offenbar irritiert durch sein Verhalten.

Er beugte sich nach vorne, um sie zu beruhigen. Im selben Augenblick gab der altersschwache Bürostuhl einen knarrenden Seufzer von sich.

Beide mussten nun unwillkürlich lachen.

»Vorsicht, ich brauche Sie noch!«, rutschte es der Frau heraus, bevor sie wieder ernst wurde.

»Ich glaube Ihnen jedes Wort, das ist nicht das Problem«, beruhigte er sie. »Ich finde es auch gut, dass Sie den Jungen zu Hause gelassen haben. Das war sicher richtig.«

»Aber …?«

»Aber da es jetzt um *Sie* und *Ihre* Prüfung geht, kann ich nur vermuten, dass Sie sich bei Ihrem Sohn angesteckt haben.«

Sie hob fragend die Augenbrauen, aber er war bereits aufgestanden und hatte zum Stethoskop gegriffen.

»Bitte einmal aufstehen, mir den Rücken zudrehen und mit offenem Mund tief ein- und ausatmen.«

Die Besucherin machte Anstalten, ihre Bluse aufzuknöpfen.

»Das ist nicht nötig, vielen Dank. Bitte nur kräftig ein- und ausatmen «, bremste er sie und setzte das Stethoskop für wenige Sekunden auf ihren Rücken.

»Ich würde sagen, man kann Rasselgeräusche nicht mit Sicherheit ausschließen. Damit scheint ein Atemwegsinfekt im Frühstadium möglich«, erläuterte Jan Lübbers anschließend und kramte aus dem Ambulanzschrank ein Thermometer mit steriler Hülle hervor.

»Wahrscheinlich haben Sie Gliederschmerzen und einen Hustenreiz«, dabei drückte er das Thermometer leicht in den äußeren Gehörgang. Noch bevor ein Signal das Messende anzeigen konnte, hatte er das Thermometer entfernt und die Hülle entsorgt. Er kehrte zum Schreibtisch zurück und sah sie an.

»Es sieht tatsächlich so aus, als hätten Sie sich bei Ihrem Sohn angesteckt.«

Die Frau machte Anstalten zu widersprechen, aber er hob die Hand und ergänzte: »Zumindest kann man das nicht gänzlich ausschließen.« Dabei runzelte er nun so verschwörerisch die Stirn, dass sie erneut lachen musste.

»Daher rate ich Ihnen, zu Hause zu bleiben und berufliche Stresssituationen zu meiden.«

Mit dem Formular in der Hand stand er auf, entnahm dem kleinen Ambulanzschrank eine Packung Paracetamol und händigte ihr beides aus.

»Zum Fiebersenken, bei Kindern bis zum zehnten Lebensjahr zweimal eine Tablette pro Tag. Das gibt's auch ohne Rezept, aber dann müssen Sie heute Abend nicht noch zur Notdienstapotheke«, sagte er und fügte dann hinzu: »Sollte es mit der Krankschreibung wider Erwarten ein Problem geben, können Sie sich gern melden. Ich habe meine Telefonnummer am Rand vermerkt.«

Die Frau nahm Bescheinigung und Medikament verlegen entgegen. Offenbar, weil sie das unentbehrliche formale Manöver erst spät durchschaut hatte.

Dann lächelte sie ihn an.

»Vielen Dank, ich bin Ihnen wirklich verbunden.«

»Unsinn, eine Erkältung ist eine Erkältung! Gut, dass Sie rechtzeitig gekommen sind«, antwortete er und stand auf, um sie hinauszubegleiten.

Kurz vor dem Ausgang wandte sich die Frau noch einmal um. »Nein, wirklich, vielen Dank!«, sagte sie und reichte ihm die Hand.

Übermüdet von den vorangegangenen Diensten, bemerkte er das Umdrehen zu spät und kam direkt vor ihr zum Stehen. Ihre Hände hatten sich dabei gefunden. Er spürte ihren Atem und roch ihr Parfüm – einen klassischen Frauenduft.

»Entschuldigung, ich hätte Sie beinahe umgerannt«, hörte er sich sagen. Doch keiner trat einen Schritt zurück und keiner zog die Hand weg.

Er hätte nicht sagen können, wie viel Zeit verstrichen war, als Geräusche aus dem Vorraum zu ihnen drangen. Offenbar waren die Sanitäter zurückgekehrt.

Wie ertappte Schulkinder wichen sie einen Schritt auseinander. Was auch immer seinen flüchtigen Zauber entfaltet hatte, war dem Lärm der Rückkehrer gewichen.

»Ich muss jetzt wirklich gehen«, verabschiedete sich die Besucherin. »Mein Sohn wartet auf mich. Nochmals vielen Dank!« Sie ging an den Sanitätern vorbei zum Ausgang.

»Mensch Doktor«, rief ihm der notorische Spaßvogel der beiden zu. »Bei so einer Patientin mache ich den Nachtdienst auch ohne Bezahlung!«

Aber Jan Lübbers war nicht nach Albereien zumute.

»Vorsicht mit der Art von Komplimenten«, fertigte er den Mann ab, um seine Befangenheit zu verbergen.

Dann ging er zurück in das Ambulanzzimmer.

Es schien nicht mehr derselbe Raum zu sein, den er noch zu Dienstbeginn mit Unbehagen betreten hatte.

Er nahm den Behandlungsschein in die Hand.

Ines Lindberg, las er sich stumm vor.

Die Prüfung

»So, Sie sind also die Nächste?«

Der Vorsitzende musterte Ines abschätzig.

Es war derselbe Prüfer, der ihr schon zum ersten Prüfungstermin zugelost worden war, bei den Studenten auch als »Professor Gnadenlos« bekannt. Ein brillanter Fachmann, der aber pomadig und aufbrausend sein konnte, wenn ein Prüfling sein Missfallen erregte.

Zudem hatten es Studentinnen grundsätzlich schwerer in mündlichen Prüfungen des Hochschullehrers, der aus seinen gleichgeschlechtlichen Neigungen keinen Hehl machte.

Um den Vorsitzenden herum waren die weiteren Mitglieder der Prüfungskommission gruppiert.

Eine Person schien allerdings zu fehlen: Die akademische Oberrätin, die noch am Prüfungsmorgen im Intranet der Universität als Prüfungsleiterin ausgewiesen worden war. Eine resolute Frau, die bei den Studenten wegen ihres fairen Prüfungsstils hohes Ansehen genoss.

»Ja, mein Name ist Ines Lindberg. Guten Morgen«, antwortete sie und blieb in der Mitte der u-förmigen Tischanordnung stehen.

»Dann bitte mal den Ausweis«, forderte der Prüfer, warf einen kurzen Blick darauf und reichte ihn achtlos an den Beisitzer weiter. Dabei fiel der Ausweis zu Boden.

Der Beisitzer bückte sich danach und quittierte das Verhalten des Vorsitzenden mit einem missbilligenden Blick.

»Jetzt wollen wir aber zügig beginnen«, mahnte dieser, als habe der Prüfling bereits ärgerliche Verzögerungen verursacht.

Obwohl sie bestens vorbereitet war und Prüfungsängste sonst nicht kannte, spürte Ines eine Unruhe in sich aufsteigen. Prüfer und Beginn der Prüfung ließen wenig Gutes erwarten.

Sie musste an die schweren letzten Jahre denken.

An die Schicksalsschläge und die vielen Stunden, die ihr Sohn des Studiums wegen auf seine Mutter hatte verzichten müssen.

Ines war nun entschlossen, sich nicht einschüchtern zu lassen.

»Entschuldigen Sie bitte, aber ich habe mich bei Ihnen namentlich vorgestellt. Ich würde mir dasselbe auch von Ihnen wünschen«, sagte sie.

Professor Gnadenlos blickte sie mit unverhohlener Missbilligung an.

»Na Fräulein, Sie haben ja die Ruhe weg! Sie hatten vor der Prüfung ausreichend Gelegenheit, Einsicht zu nehmen«, antortete er. »Zudem sind Sie offenbar schon zum ersten Prüfungstermin nicht erschienen.« Seine Verärgerung und Übellaunigkeit waren mit Händen greifbar.

»Die Zusammensetzung der Kommission stimmt nicht mit der Liste des Prüfungsausschusses im Intranet überein«, entgegnete Ines.

»Was erlauben Sie sich?!«, fuhr der Professor sie an. »Erst schwänzen Sie den Prüfungstermin und jetzt stellen Sie die Ordnungsmäßigkeit der Zweitprüfung infrage?!«

Die Luft im Raum knisterte vor Spannung. Auf mehreren Gesichtern war Betroffenheit erkennbar.

»Nicht nur die Liste der Prüfer ist fehlerhaft, sondern auch die Zusammensetzung der Kommission. Sie stimmt nicht mit der Prüfungsordnung der Fakultät überein«, erwiderte Ines mit fester Stimme. »Bei Studentinnen ist eine Beisitzende zwingend vorgeschrieben. Ich kann in diesem Raum außer mir keine weibliche Person erkennen.«

Für einen Augenblick herrschte verblüfftes Schweigen. Die Mitglieder der Prüfungskommission tauschten nun vielsagende Blicke aus.

Ines fühlte sich in der Vermutung bestätigt, dass dieser Formfehler auch bei anderen Prüfungen begangen worden war. Damit war die Rechtmäßigkeit des gesamten Prüfungsblockes infrage gestellt.

»Jetzt hören Sie mal zu, *Frolleinchen!*«, entfuhr es dem Vorsitzenden wutentbrannt.

Doch dieses Mal ließ Ines den Mann nicht ausreden.

»Zudem bitte ich den Protokollführer, Folgendes schriftlich festzuhalten: Der Vorwurf des Schwänzens ist unberechtigt, denn eine ordnungsgemäße Krankschreibung lag vor. Außerdem verbitte ich mir die Anrede mit ›Fräulein‹ und ›Frolleinchen‹ in einer amtlichen Prüfung! Das sind Diminutive, für die in einer gendersensiblen, modernen Universität kein Platz sein sollte. Ich werde die Gleichstellungsbeauftragte davon in Kenntnis setzen!«

Erneut herrschte Schweigen.

Mit ihren Argumenten hatte sie offenbar nicht nur den cholerischen Vorsitzenden, sondern die gesamte Kommission in die Defensive gedrängt.

Während mehrere Mitglieder der Kommission betroffen oder ratlos von einem zum nächsten blickten, ergriff der Beisitzer das Wort: »Frau Lindberg, vielen Dank für Ihre Einwände. Sie werden verstehen, dass wir diese zunächst prüfen müssen, was aber an der Berechtigung Ihrer Argumente keinerlei Zweifel darstellen soll. Ebenso bedürfen die Einwände zur Anrede natürlich keinerlei Prüfung.«

An dieser Stelle machte Professor Gnadenlos Anstalten, aufzuspringen.

Doch der Beisitzer drückte ihn mit unerwarteter Heftigkeit zurück in den Stuhl und fuhr fort: »Ich muss ergänzen, dass ich selbst alles andere als glücklich bin über den Start in das Prüfungsgespräch. Bitte, nehmen Sie einen Augenblick im Vorraum Platz. Die Kommission wird sich beraten und Sie in Kürze wieder hereinbitten. Vielen Dank für Ihre Geduld!«

Mit weichen Knien verließ Ines den Raum.

Im Vorraum überkamen sie Zweifel, ob ihr offensives Verhalten nicht mehr Schaden als Nutzen angerichtet hatte. Doch sie war weiter fest entschlossen, dem willkürlichen und abschätzigen Verhalten des Vorsitzenden die Stirn zu bieten.

Aus dem Prüfungssaal drang nun lautes Stimmengewirr nach draußen. Wenige Augenblicke später wurde die Tür aufgerissen und der Vorsitzende rannte mit hochrotem Kopf an ihr vorbei, ohne sie eines Blickes zu würdigen.

Kurz darauf wurde Ines erneut hereingerufen. Wieder führte der Beisitzer das Wort.

»Liebe Frau Lindberg. Zunächst möchten wir uns bei Ihnen für den bisherigen Prüfungsverlauf entschuldigen, in aller Form. Wir hoffen, dass Sie unser aufrichtiges Bedauern akzeptieren …«

Dabei blickte der Mann Ines erwartungsvoll an.

Sie nickte zum Zeichen des Einverständnisses.

»Sehr gut, dann haben wir den wichtigsten Schritt gemeinsam getan. Jetzt aber: Wie geht es mit Ihrer Prüfung weiter? Ich habe in der Zwischenzeit mit Frau Professor Hessler vom Lehrstuhl für Banken und Finanzierung telefoniert. Sie ist im Gebäude und wäre bereit, hier und jetzt als Vorsitzende diese Prüfung zu Ende zu führen. Daher meine Frage: Ist das für Sie vorstellbar?«

Erleichtert stimmt Ines dem Vorschlag zu.

Die neue Vorsitzende traf wenige Minuten später ein. Freundlich, aber bestimmt übernahm sie die Choreografie der verfahrenen Prüfungssituation.

Jedes Mitglied der Kommission erhielt nun Gelegenheit, Ines zu befragen.

Am Ende der Prüfung wurde sie für die Beratung der Kommission erneut aus dem Raum gebeten.

*

»Frau Lindberg, bitte kommen Sie wieder herein.«

Die Vorsitzende war selbst in der Tür erschienen.

Als sie an der Professorin vorbei in den Raum trat, stockte Ines der Atem: Sämtliche Mitglieder der Prüfungskommission hatten sich von ihren Plätzen erhoben.

Sie hatte Mühe, ihre Rührung zu verbergen.

Die Vorsitzende richtete nun das Wort an sie:

»Chapeau, Frau Lindberg! Sie haben auf uns alle großen Eindruck gemacht. Es ist selten, dass Auftreten und Leistung derart Hand in Hand gehen. Meine Kollegen und ich«, dabei schloss sie mit einer Armbewegung die gesamte Kommission ein, »wir alle wünschen uns, dass Sie ein Mitglied in unserem Team werden.«

Ines rang um Fassung.

»Genauer gesagt: Ich biete Ihnen ein Promotionsstipendium an meinem Lehrstuhl an. Sie haben sich mit Bravour, ja, mit Exzellenz geschlagen. Daher die Bitte: Machen Sie uns die Freude und sagen *Ja!*«

In diesem Augenblick war es um Ines' Fassung geschehen. Tränen liefen über ihre Wangen, als sie dem überraschenden Angebot zustimmte.

Wie von Geisterhand geleitet verließ sie anschließend das Gebäude.

*

Auf dem Nachhauseweg kaufte sie eine Flasche Sekt und ein kleines Geschenk für ihren Sohn.

Als sie die Haustür aufschloss, warteten ihre Mutter und Bastian bereits im Flur auf sie, gemeinsam mit der älteren Nachbarin.

Bastian hielt einen Blumenstrauß in der Hand und hatte eine Glückwunschkarte gebastelt.

Erst nachdem Ines die drängendsten Fragen beantwortet hatte, gelang es ihr, die Garderobe abzulegen.

Ihre Mutter hatte einen kleinen Imbiss vorbereitet und alle vier nahmen am Esstisch Platz. Sie stießen mit einem Glas Sekt an. Dann kam Ines der Bitte nach, detaillierter über den Ablauf der Prüfung zu berichten.

Die Eskalation zu Beginn ließ sie unerwähnt.

*

Bastian war im Zimmer verschwunden. Und die beiden älteren Damen hatten sich nach weiterer Gläsern Sekt in ein angeregtes Gespräch vertieft.

Mit einer kurzen Entschuldigung zog sich Ines in den Nebenraum zurück. Erschöpft ließ sie sich dort in den alten Ohrensessel fallen.

Erneut gingen ihr Bilder der Prüfung durch den Kopf. Unwillkürlich musste sie dabei an den Notdienstarzt denken. Ohne sein Attest wäre sie tatsächlich angreifbar gewesen.

Den Impuls, ihn anzurufen, hatte sie mehrfach verspürt. Aber letztendlich hatte ihr der Mut dazu gefehlt.

Nach kurzem Zögern gab sich Ines einen Ruck, suchte das Attest heraus und wählte die handschriftlich vermerkte Nummer. Es war früher Nachmittag. Die Wahrscheinlichkeit, jemanden zu erreichen, war ohnehin gering.

Als der Anruf angenommen wurde, musste sie sich räuspern, bevor sie ein Wort herausbrachte.

»Lindberg, Ines Lindberg«, begann sie zögernd.

»Sie werden sich vermutlich nicht erinnern …«

Das Wiederhören

Überstunden abbummeln!
So hatte die Order des Chefarztes gelautet.

An diesem Tag war er der Anweisung gefolgt und hatte freigenommen. Zudem war es wieder einmal höchste Zeit für die Steuererklärung.

Er hatte die Unterlagen gerade auf dem Schreibtisch ausgebreitet, als das Telefon klingelte.

*

»Junge gesund? Prüfung bestanden?«

Die Erwiderung kam wie aus der Pistole geschossen.

Beide lachten nun über seinen Telegrammstil.

Jan Lübbers hatte den Abend keineswegs vergessen, an dem die junge Mutter mit der Bitte um Krankschreibung erschienen war.

Sechs Wochen waren seither vergangen.

»Sie erinnern sich tatsächlich«, stellte die Anruferin zufrieden fest. Die Unsicherheit war aus ihrer Stimme gewichen. »Ja, mein Sohn – er heißt Bastian – ist wieder auf dem Damm. Die mündliche Prüfung habe ich heute nachgeholt.«

»Herzlichen Glückwunsch!«

»Vielen Dank. Es ist tatsächlich ganz gut gelaufen, ich bin sehr erleichtert. Und nochmals Danke für Ihre Hilfe im Dienst. Ich war auf schwierige Diskussionen eingestellt und hatte mit so viel Verständnis nicht gerechnet.«

An dieser Stelle hätten sie sich voneinander verabschieden können.

Doch keiner machte Anstalten dazu.

*

Hintergrundgeräusche unterbrachen das Gespräch.

Sie kamen aus der Wohnung der Anruferin.

Jan sah auf die Uhr: Fast eine Stunde hatten sie bereits miteinander telefoniert. Offenbar wurde Ines Lindberg jetzt wieder im Haushalt benötigt.

»Sie haben sicher viel um die Ohren«, begann er vorsichtig und wartete auf Antwort.

Aber sie schien seine Bemerkung zu überhören.

»Sonst würde ich Sie gern zum Kaffee einladen.«

Immer noch keine Antwort.

»Irgendwann, natürlich nur, wenn es bei Ihnen geht«, fügte er verunsichert hinzu.

»Ein Glas Wein wäre mir lieber«, antwortete sie bestimmt. »Es passt besser zum Anlass. Vielleicht dieses Wochenende. Freitagabend, oder Samstag?«

Damit hatte er nicht gerechnet.

»Ja, sicher, Freitagabend ist gut, Samstag natürlich auch.« Beinahe hätte er den Sonntag noch hinzugefügt, aber das wäre des Guten zu viel gewesen.

»Gern Samstag, dann habe ich mehr Zeit für die Suche nach einem Babysitter.«

Sie verabredeten das Museumsstübchen in der Altstadt als Treffpunkt.

Seine Anruferin verabschiedete sich und legte auf.

Nachdenklich blickte er auf den Hörer in der Hand.

Irgendetwas war anders gelaufen als üblich.

*

Ines Lindberg erschien in Bluse, Jeans und Sneakern.

Sie erwies sich als aufmerksame Zuhörerin und blieb sachlich in den kurzen Auskünften zur eigenen Person.

Aber auch diese waren vielsagend.

Trotz des jungen Alters war sie bereits verwitwet und ging ihren Weg als alleinerziehende Mutter.

Sie hatte etwas Aufrichtiges und Stolzes an sich, strahlte gleichzeitig aber auch Verletzlichkeit aus.

Jan Lübbers vermied es, den weiteren Verlauf des Abends in eine bestimmte Richtung zu lenken.

Eine unbeschwerte Affäre war mit dieser Frau sicher nicht zu erwarten. Gleichzeitig war das Risiko offensichtlich, früher als geplant Verantwortung übernehmen zu müssen.

Freundlich verabschiedeten sie sich voneinander.

Als habe es diese Vertrautheit nie gegeben.

Die Wirrungen

»*Typisch!* Sobald es um mehr geht als ›Genuss ohne Reue‹ kriegen diese Kerle Schweißausbrüche und suchen das Weite. Sei bloß froh, dass das frühzeitig klar ist. Das hat dir Zeit und Tränen erspart!«, rief Marion wütend aus.

Ihre Schulfreundin war jetzt richtig in Fahrt.

Ines bereute bereits, überhaupt vom Treffen mit Jan Lübbers berichtet zu haben. Vermutlich hatte sie gehofft, dass ihre Freundin die ständigen Kuppelversuche im gemeinsamen Bekanntenkreis aufgeben würde.

Aber Ines' erster Versuch, wieder etwas soziale Normalität herzustellen, war offenbar gescheitert.

Und das goss Wasser auf die Mühlen der Freundin, die mit ihrer Jugendliebe glücklich verheiratet war.

*

Nach Thomas' Tod war Ines allen Einladungen und Feiern aus dem Weg gegangen.

Sie hatte das Gefühl, indirekt eine Mitschuld am Tod ihres Mannes zu tragen. Anstatt ihn die Dinge mit sich allein abmachen zu lassen, hätte sie auf ihn zugehen müssen.

Die Ermittlungsbeamten hatten versucht, ihr diese Schuldgefühle zu nehmen.

Ein Rückfall in die Sucht sei auch viele Jahre nach erfolgreichem Entzug keine Seltenheit, hatten sie versichert. Wer einmal Drogen als Ausweg benutzt habe, sei das ganze Leben lang rückfallgefährdet.

Aber das wirklich Wesentliche, das ›Warum?‹, hatte ihr keiner erklären können.

Worin hätte die Lebenskrise bestehen sollen, die ihren Mann in eine Überdosis getrieben hatte?

Angesichts einer glücklichen Ehe und eines gut geratenen Sohnes?

In den ersten Monaten nach Thomas' Tod war sie an dieser Frage fast verzweifelt. Erst allmählich hatte sie Kraft gefunden, die Dinge zu akzeptieren, wie sie waren.

Geblieben war die Enttäuschung, dass ihr Mann sein Leben für einen Schuss Heroin weggeworfen hatte.

Und damit auch die gemeinsame Zukunft.

Die Luftnot

»Meiner Tante geht es *sehr* schlecht!«

Jan Lübbers wollte gerade mit der Sporttasche in der Hand das Arztzimmer verlassen, als sich die unscheinbare Frau vor ihm aufbaute.

Sie mochte circa fünfzig Jahre alt sein, wirkte ungepflegt und nuschelte. Sie stellte sich nicht vor und fragte nicht, ob er zuständig sei.

Ausgerechnet an diesem späten Freitagnachmittag hatte er sich zum Tennis verabredet.

»Wer ist Ihre Tante und welche Beschwerden hat sie denn genau?«, fragte er angespannt zurück.

So exakt konnte der Laie das klinische Syndrom selten beschreiben. Dieses nicht ganz faire Manöver würde es ihm ermöglichen, den Fall an den diensthabenden Internisten weiterzureichen.

Wie aus der Pistole geschossen erwiderte die Frau: »Es ist Frau Habenicht, Zimmer 3, Fensterseite rechts. Der Puls liegt bei über 140 in der Minute, und sie hat starke Atemnot.«

Diese Aussage kam einem Urteilsspruch gleich.

Jetzt musste er selbst nach der alten Dame sehen.

Einmal mehr waren die Feierabendpläne gescheitert.

*

Zwei Stunden vergingen, bis das EKG vorlag, der Blutdruck sich normalisiert hatte und genügend Wasser ausgeschwemmt war.

Kurz angebunden übergab Jan Lübbers die Patientin an den Diensthabenden und verließ die Station.

Seiner Tennispartnerin hatte er in aller Eile abgesagt. Die Platzmiete war verloren.

Beim Verlassen der Klinik passierte er die Raucherecke im Eingangsbereich. Einige hatten bereits Gliedmaßen durch das Qualmen verloren, machten aber unverdrossen weiter. Auch Schwangere hielten sich hier wieder auf.

Bevor er sein Auto erreicht hatte, ging das Nieseln in einen kräftigen Schauer über. Durchnässt ließ er sich auf den Sitz fallen und blieb einen Augenblick lang regungslos sitzen.

Es war sinnlos, neue Aktivitäten zu planen.

Er beschloss, den Abend beim Italiener zu beenden.

Einer einfachen Trattoria, namens »Bella Italia«.

Die Freundinnen

»Heute Abend kommst du mit«, insistierte Marion, »sonst stellen wir dein Profil auf ›Tinder‹ online!«

»Na gut, wenn ihr derart schwere Geschütze auffahrt, komme ich mit. Aber bitte keine Stalker mehr am Tisch!«, sagte Ines halb lachend, halb ernst und blickte von einer Freundin zur nächsten.

Diese tauschten schuldbewusste Blicke aus.

»Okay, das ist etwas aus dem Ruder gelaufen, zugegeben. Aber mit mehr Eigeninitiative in diesen Dingen hättest du dir den ganzen Ärger ersparen können. Wir wollen schließlich nur dein Bestes«, erwiderte Angela, die andere Schulfreundin.

Mit Unbehagen erinnerte sich Ines an den jüngsten Bowlingabend.

*

»Hallöchen, ich bin der Alex!«

Überraschend hatte Angela einen Kollegen zum Frauenabend mitgebracht.

Alex war ein gutaussehender Enddreißiger, mit Vorlieben für intensive Herrendüfte, körperbetonte Kleidung und das eigene Spiegelbild.

Das zumindest war Ines bereits an der Garderobe aufgefallen.

Eine halbe Stunde später klagte Marion plötzlich über einen Migräneanfall. Beide Freundinnen verschwanden daraufhin und ließen sie mit Alex zurück.

Dieser stellte sich als selbstgefälliger Dampfplauderer heraus, dessen Gesprächsthemen vorwiegend um die eigene Person kreisten.

Ines beschloss, den Abend zeitig zu beenden, und lehnte das Begleitangebot freundlich, aber bestimmt ab.

Als sie in das herbeigerufene Taxi stieg, ohne Kontaktdaten auszutauschen, entglitten dem Arbeitskollegen ihrer Freundin endgültig die Gesichtszüge.

Damit schien das »Thema Alex« beendet zu sein.

Doch Angela hatte Ines' Handynummer weitergereicht, bevor diese vom missglückten Abend berichten konnte. In der Folgewoche rief Alex zu unterschiedlichen Tages- und Nachtzeiten an. Bis Ines mit einer Anzeige und der Einschaltung seines Arbeitgebers drohte.

Erst danach fand der Albtraum ein Ende.

*

»Also, wo geht es jetzt hin?!«, lenkte Marion ab.

»Steak, ein richtiges saftiges Steak, das fänd ich *megacool* …«, imitierte Angela den Jugendslang.

Alle drei lachten befreit auf und machten sich auf den Weg. Doch beim Steakhouse standen sie vor verschlossenen Türen: Es war der Ruhetag des Restaurants.

»Die ›Drei Musketiere‹ lassen sich nicht unterkriegen!«, rief Angela aus, unter Anspielung auf den Spitznamen ihres Trios zu Schulzeiten.

Mittlerweile hatte es zu regnen begonnen und sie hielten Ausschau nach einer Alternative in Fußreichweite.

Angela deutete auf die Leuchtreklame am Straßenende: »Da hinten, das ist ein Italiener. Gute, einfache Küche, kein Chi-Chi.«

»Na also, den überfallen wir jetzt!«, rief Marion.

Laut prustend stürmten die drei Frauen los.

Wie übermütige Teenager.

Das Wiedersehen

»Dottore, *Dottore!* Kommen Sie …«

Die Stimme des Wirtes dröhnte durch das Lokal.

»Alfredo hat immer eine Tisch für Ihnen!«

Mit Grandezza wies er Jan Lübbers einen Platz zu.

Es war der Personaltisch, direkt am Toilettenabgang.

Doch dieser war erleichtert, nicht umkehren zu müssen, und hängte seine Jacke an die überfüllte Garderobe. Dann ließ er sich mit einem Seufzer nieder.

Andere Gäste schauten nun prüfend zum »Dottore« herüber und dieser versenkte seinen Blick in die Speisekarte.

Als er wieder aufsah, trafen sich ihre Blicke.

Murphys Gesetz!, schoss es ihm durch den Kopf.

Ein komplett verkorkster Tag, an dessen Ende er durchnässt am Katzentisch der Trattoria saß.

Direkt gegenüber von Ines Lindberg und deren Freundinnen.

Er unterdrückte den Fluchtreflex und trat an ihren Tisch. Die Frauenrunde musterte ihn neugierig und es bereitete ihm Mühe, eine launige Begrüßung zustande zu bringen.

Sie luden ihn an ihren Tisch ein, doch Jan Lübbers lehnte dankend ab.

*

Mehrfach kreuzten sich ihre Blicke.

Als die Freundinnen aufbrachen, machte Ines Anstalten, sich von ihm zu verabschieden.

Jans Lebensgeister waren mittlerweile zurückgekehrt.

»Bleiben Sie doch noch einen Augenblick«, unterbrach er ihre Verabschiedung und ignorierte die ausgestreckte Hand. »Ein paar Minuten nur, ich würde mich sehr freuen!«

Ihre Freundinnen blockierten mittlerweile den Eingang und sahen herüber. Demonstrativ schwenkten sie Autoschlüssel in der Luft.

»Ich fahre Sie natürlich nach Hause«, ergänzte Jan.

Er war kein Held in diesen Dingen. Aber Alkohol und Blickkontakte hatten ihm Zuversicht gegeben.

Sie lächelte amüsiert, als würde sie sein Manöver durchschauen.

»Keine Prüfungen morgen? Keiner krank zu Hause?«, fügte er hinzu und hob fragend die Augenbrauen.

»Überredet«, gab sie lachend nach. »Ich muss mich aber noch von meinen Freundinnen verabschieden.«

Sie wandte sich zum Ausgang und Jan folgte ihr mit den Augen.

Auf ihrem Weg passierte sie eine Männerrunde, die ihr unverhohlen nachstarrte.

∗

Erneut trat der Wirt an den Tisch.

»Dottore«, hob dieser mit seiner Baritonstimme an, »*Dottore!* La Musica d'Amore, nur für Ihnen und, naturalmente, *la bella* s*ignora!*« Dabei wandte er sich mit einer kratzfüßigen Bewegung an Ines. »Aber danach müssen unsere Kellner ›a casa‹, nach Hause, alla sua famiglia.«

Tatsächlich hatte sich die Trattoria geleert.

Fast gleichzeitig machten Jan und Ines nun Anstalten, zu zahlen und aufzubrechen. Die Ansprache des

Wirtes hatte sie in Verlegenheit gestürzt. Als hätte er das geahnt, drückte dieser sie mit seinen Pranken in die Stühle zurück.

»Rudolfo«, rief er gleichzeitig zur Bar hinüber. »Rudolfo, due Prosecco, für den Dottore und seine wunderschöne Frau!«

Jan hob zu einer Richtigstellung an. Aber Ines lachte und bedeutete ihm mit einer Handbewegung, dass es nicht der Mühe wert sei.

Nie zuvor hatte er italienische Schnulzen gemocht.

Doch jetzt klang jede Musik wie eine Symphonie.

Der Infekt

Wieder einmal stand Bastian abseits beim Spielen.

Es war ein sonniger Spätherbsttag und Ines Lindberg beobachtete die Kinder im Garten.

Nach dem Tod seines Vaters war Bastian noch stiller geworden. Auch gesundheitlich hatte ihn der Verlust angegriffen. Immer wieder waren in den vergangenen Monaten Infekte aufgetreten. Er schien einfach jeden Virus einzufangen, der in der Schule kursierte.

Ines sah sich als das Gegenteil einer überprotektiven Mutter, aber selbst die phlegmatische Klassenlehrerin hatte sich besorgt erkundigt.

Im Vergleich zu den Spielkameraden wirkten Bastians Bewegungen tatsächlich müde und kraftlos. So deutlich hatte sie es bisher nicht wahrgenommen.

Jetzt aber war es unübersehbar.

Ihr Sohn war krank.

Und er musste dringend zum Arzt.

*

Dr. med. Christian Kramer, Internist, Praxis für Allgemeinmedizin, Homöopathie.

Ines Lindberg musterte das Praxisschild.

Einen Kinderarzt gab es im Stadtteil schon lange nicht mehr. Und der Hausarzt der Familie hatte die Praxis im Jahr zuvor aufgegeben. Es war ihre Mutter, die diese nahegelegene internistische Praxis empfohlen hatte. Ines klingelte und stieg mit ihrem Sohn an der Hand die wenigen Treppenstufen hoch.

Die Praxis war modern eingerichtet, ohne kalt zu wirken. Zu Ines' Erleichterung saßen neben ihr zwei weitere Mütter mit Kindern im Wartezimmer. Das Personal war freundlich und die Wartezeit erstaunlich kurz.

Als ihre Namen aufgerufen wurden, folgten sie der Arzthelferin ins Sprechzimmer. Auch hier wirkte alles modern und aufgeräumt. Einen persönlichen Bezug zum Praxisinhaber wies nur ein gerahmtes Wandbild auf, welches ein Ärzteteam vor der Rettungsstelle eines Großklinikums zeigte.

»Suchen Sie mich nicht auf dem Bild. Das ist zu lange her, um mich wiederzuerkennen«, rief eine lachende Stimme vom Eingang des Sprechzimmers herüber.

Überrascht trat Ines vom Bild zurück und wandte sich dem eintretenden Arzt zu. Mühelos erkannte sie ihn wieder, wenn auch die schwarzen Haare grau melierten Schläfen gewichen waren.

»Sie müssen Frau Lindberg sein! Und das hier ist Bastian?«

*

Ines Lindberg war perplex.

Vom Eintreten des Arztes an hatte Bastian wie versteinert gewirkt, sich fest an seine Mutter geklammert und sogar den Handschlag zur Begrüßung verweigert.

Auf die Fragen des Arztes hatte sie selbst antworten müssen, da ihr Sohn stumm wie ein Fisch geblieben war.

Dr. Kramer hatte sich alle Mühe gegeben, mit Bastian ins Gespräch zu kommen. Er hatte einen kindgerechten Ton angeschlagen, nach Hobbys und Freunden gefragt und aus der Sicht einer Mutter alles richtiggemacht. Aber ohne jeden Erfolg.

Selbst der Arzt schien schließlich nachdenklich geworden zu sein und hatte sich detaillierter nach den Familienverhältnissen erkundigt.

Ines hatte die Antworten kurz und bündig gehalten.

Ohne den Tod ihres Mannes zu verschweigen.

∗

Während sie auf das Rezept warteten, versuchte Ines, mehr von ihrem Sohn zu erfahren.

Bastian war Arztberufe durchaus gewohnt.

Wie bei anderen Kindern lösten die Erinnerungen an Impfungen und Spritzen keine Begeisterungsstürme aus, wenn es zum Doktor ging.

Doch Bastian wirkte geistesabwesend und verstört

Und er war auch durch gute Worte nicht zu erreichen.

So hatte Ines ihren Sohn noch nie erlebt.

Das Konzert

»Lass dir Zeit und genieß den Abend!«

Ihre Mutters sah sie dabei mahnend an.

»Und wenn es später wird, auch kein Problem. Hauptsache, du kommst auf andere Gedanken …«

Ines hatte eine Ahnung, was die alte Dame meinte. Aber dafür war es einfach noch zu früh.

Im selben Moment klingelte es an der Tür.

Sie beugte sich zu Bastian herunter und gab ihm einen Kuss. »Sei schön artig und ärgere die Oma nicht!«, ermahnte sie ihn, als ob das bei ihrem Sohn nötig wäre.

Dann wandte sie sich mit einem verschwörerischen Augenzwinkern an ihre Mutter und zog im Hinausgehen den Mantel von der Garderobe.

Als sie die Eingangstür öffnete, stand Jan Lübbers vor ihr.

Ines war überrascht.

Trotz der regelmäßigen Treffen in den letzten Wochen hatte er es stets vermieden, an die Tür zu kommen.

Doch jetzt lächelte er sie an, ohne den Weg freizugeben.

»Ich würde gern ›Guten Abend‹ sagen«, beantwortete er ihren verwunderten Blick mit ungewohnt ernster Stimme.

Ines zögerte einen Augenblick.

Gerade diese Förmlichkeit hatte sie ihm durch das zügige Verlassen des Hauses ersparen wollen.

Einen Augenblick standen sie sich gegenüber, als gelte es, ein Territorium zu schützen.

»Bitte …«, wiederholte er.

Wortlos trat Ines zur Seite und ließ ihn eintreten.

Sie hatte Schwierigkeiten, ihre Rührung zu verbergen.

»Mutti, Bastian! Ich möchte euch jemanden vorstellen ...«

*

Als sie im Wagen saßen, schwiegen beide für einen Augenblick.

»Vielen Dank«, begann Ines und legte ihm die Hand auf den Arm. »Ich habe mich sehr darüber gefreut!«

»*Ich* muss Danke sagen«, erwiderte Jan und lächelte sie an. »Es war einfach höchste Zeit.«

Ines dachte nun an die Tiraden ihrer Freundin, als sie vom ersten Treffen mit Jan Lübbers berichtet hatte.

Offenbar war hier jemand gewaltig im Irrtum.

Die Ahnung

Wenige Tage später meldete sich die Praxis.

Dr. Kramer könne Bastian leider nicht betreuen.

Die Laborergebnisse würden die Weiterleitung an einen Pädiater erfordern.

*

»*Seine Lymphknoten sind vergrößert ...*«

Ines sah den Mediziner prüfend an.

Mittlerweile waren sie in einer großen pädiatrischen Praxis im Stadtzentrum gelandet.

Ihr gegenüber saß nun der gnomenhafte, schrullige Kinderarzt in seinem zerschlissenen Kittel. Größer hätte der Unterschied zwischen zwei Ärzten kaum sein können.

Etwas wehmütig dachte Ines an den gutaussehenden, groß gewachsenen Internisten mit seinem gewinnenden Lächeln zurück.

»Vergrößerte Lymphknoten haben Kinder häufiger«, fuhr der Arzt fort. »Zum Beispiel bei Atemwegsinfekten oder Mandelentzündungen. Aber Bastian hat zurzeit keine derart banalen Entzündungen. Außerdem sind die Leukozyten, also die weißen Blutkörperchen, deutlich vermehrt. Zumindest eine Untergruppe davon.«

Ines wurde jetzt ungeduldig. Offenbar redete der Mann um den heißen Brei herum.

»Herr Doktor, diese Aufzählung medizinischer Details hilft mir wenig. Ich bin alleinerziehende Mutter und habe ein krankes Kind, sonst wäre ich nicht hier. Ich brauche Klarheit: *Was* hat mein Sohn und *worauf* müssen wir uns einstellen?«, beharrte sie.

»Ehrlich gesagt, wir wissen es noch nicht genau.«

Die Augen ihres Gegenübers hatten tatsächlich etwas Ratloses.

»So viel ist allerdings sicher: Bastian gehört in eine spezialisierte Kinderklinik. Die Blutuntersuchungen müssen ausgeweitet werden und …«

»Was heißt *spezialisierte* Kinderklinik bitte schön?«

Jetzt verlor Ines für einen Augenblick die Beherrschung. »*Welche* Klinik, *wann* und *wo*?«, fuhr sie den Mann an.

Aber der schien davon unbeeindruckt und antwortete ruhig: »In Bastians Fall ist es die ›Klinik für Pädiatrische Onkologie und Hämatologie‹ der Medizinischen Hochschule.«

Ines war sich nun endgültig sicher, dass ihr der Arzt längst nicht alles gesagt hatte. Im Gegenteil: Auch er hatte den Staffelstab bereits weitergegeben.

Ebenso wie zuvor die Praxis Kramer.

Eine unheilvolle Ahnung wurde langsam Gewissheit: Bastian war viel schwerer erkrankt als vermutet.

Die Diagnose

»Leukämie, *akute lymphatische Leukämie ...*«

Die Kollegen der onkologischen Kinderklinik hatten sich bereits nach wenigen Tagen festgelegt.

Um diese Informationen zu erhalten, hatte sich Jan Lübbers als Lebensgefährte der Mutter ausgegeben. Er hatte diese Finte mit Ines und deren Mutter vorher abgesprochen, um nicht übergriffig zu erscheinen.

»Und auf welche Prognose müssen wir uns einstellen?«, fragte er nach, als habe er sich nicht selbst schon sachkundig gemacht.

»Gut bis sehr gut, Herr Kollege. Gerade die akute Leukämie hat gute Heilungschancen bei Kindern, wenn sie frühzeitig erkannt wird. Davon gehen wir auch bei Bastian aus. Die definitive Prognose hängt allerdings von der jeweiligen Unterform der Leukämie ab, da fehlen uns noch letzte Testergebnisse.«

»Falls der Junge tatsächlich auf die Therapie anspricht, bedeutet das dann schon endgültige Heilung?«, wollte Jan wissen.

»Das ist leider der springende Punkt«, entgegnete der Oberarzt der Kinderklinik. »Die Eltern googeln natürlich, sobald die Diagnose steht. Dann lesen sie diese

›Hurrazahlen‹ im Internet, mit 90 Prozent Heilungs-chance, und sind verständlicherweise euphorisch. Zu-mal, wenn das Kind gut auf die ersten Therapiezyklen anspricht.

Tritt aber nach zwei bis drei Jahren tatsächlich ein Rezidiv auf, sinkt die Überlebensrate auf unter 40 Prozent.

Das verkraften dann nur noch wenige Familien …«

Der Weg

Ein unbarmherziger Leidensweg hatte begonnen.

Bastians Hautkolorit wechselte auf aschfahl.

Die kleinen Arme waren zerstochen und seine Haare fielen während der Behandlung aus.

Ines Lindberg hätte alles dafür gegeben, wenn ihrem Sohn ein solches Martyrium in der Kindheit erspart ge-blieben wäre.

Die Unterstützung ihrer Mutter wurde in dieser Zeit noch unentbehrlicher. Die alte Dame kümmerte sich um den Haushalt, erledigte die Post und hielt unliebsame Besucher fern.

Ines' Lebensglück schien mittlerweile an einem sei-denen Faden zu hängen.

Sie schaffte es nicht mehr, sich auf etwas anderes einzustellen als die täglichen Klinikbesuche.

Diese waren die neuen Taktgeber in ihrem Leben.

Und Laborwerte die neue Währung.

Alles andere hatte keine Bedeutung mehr.

Ihr ganzes Leben schien auf Halt gestellt.

*

Jan war eine große Hilfe in dieser Zeit.

Er übersetzte das Fachchinesisch und führte Gespräche mit den Ärzten und Pflegern. Auch für Botengänge und Besorgungen war er sich nicht zu schade.

All das tat er, ohne Forderungen zu stellen. Aber Ines spürte, dass er Hoffnungen hegte. Hoffnungen, denen sie nicht gerecht werden konnte.

Die Leichtigkeit der ersten Treffen war längst vertrieben worden von den Sorgen um ihren Sohn.

An einem der Abende, an denen er nach Hause brachte, zögerte Ines mit dem Aussteigen.

Dann nahm sie all ihren Mut zusammen.

»Jan, wenn ein Kind schwer krank ist, dann ist es die Mutter auf ihre Art auch. Eine solche Gesellschaft hast du nicht verdient. Niemand hat das verdient, aber gerade du am allerwenigsten!«

Er wollte widersprechen, doch Ines bedeutete ihm zu warten:

»Du hast etwas ganz anderes verdient. Eine liebevolle Frau, die für dich da ist und eine Familie mit dir gründet. Mit der du in eine gemeinsame Zukunft blicken kannst. Das kann ich nicht, so gern ich das auch würde. Das werde ich nach dieser Zeit vielleicht nie wieder können.«

Mit tränenüberströmtem Gesicht wandte sich Ines zur Seite und stieg aus.

Als sie die Haustür schloss, hörte sie den alten Volvo weiterfahren.

Wieder hatte ein Kapitel ihres Lebens geendet.

Geendet, bevor es richtig begonnen hatte.

Das Opfer

Bastians Entlassung stand unmittelbar bevor.

Ein Kollege hatte Jan Lübbers darüber informiert.

Die gute Nachricht ermutigte ihn, den Kontakt zu Ines wieder aufleben zu lassen.

Er nahm den Telefonhörer in die Hand und wählte ihre Nummer. Doch, bevor das Anrufsignal ertönte, legte er wieder auf.

Die Erinnerung an den letzten gemeinsamen Abend hatte ihn eingeholt.

Bevor Ines aus dem Wagen gestiegen war, hatte sie den Wunsch nach Abstand geäußert. Dabei war sie wie ein weiteres Opfer von Bastians Krankheit erschienen: abgemagert, mit dunklen Rändern unter den Augen und einem Ausdruck der Verzweiflung.

Das Schicksal von Mutter und Sohn schien wie synchronisiert zu sein, durch eine unsichtbare und unheimliche Mechanik.

Hier gab es keinen Raum für eine weitere Person.

Das war nur allzu offensichtlich.

Die Entlassung

Es war ein nasskalter Montagmorgen.

Endlich durfte Ines ihren Sohn nach Hause holen.

Man hatte ihr erklärt, dass die gesamte Behandlung circa zwei Jahre dauern würde. Die schlimmsten Belastungen seien aber jetzt, mit Beginn der Erhaltungstherapie, vorbei. Diese habe die Aufgabe, ein Wiederauftreten der Erkrankung durch »schlafende« Tumorzellen zu verhindern.

*

Bastians Umrisse waren im Gegenlicht erkennbar.

Um ihn herum standen zahlreiche Menschen.

Teils handelte es sich um kleine Bettnachbarn und deren Eltern, teils um Klinikpersonal, das ihren Sohn ins Herz geschlossen hatte.

Bastian galt in der Kinderklinik als kleiner Vorzeigepatient, wie das Personal wiederholt versichert hatte. Schrei- oder Weinkrämpfe, mit denen das Personal bei anderen Kindern der Krebsklinik tagtäglich zu kämpfen hatte, gab es bei Bastian nicht.

Ines versuchte zu lächeln, doch es gelang ihr nicht.

Jedes Quäntchen Emotion war absorbiert.

Bastians Leidensweg hatte auch sie verändert.

*

Durch ein Spalier von großen und kleinen Menschen verließ Ines Lindberg mit ihrem Sohn die Kinderklinik der Hochschule.

So gerührt sie über die unerwartet herzliche Verabschiedung war, so deutlich hatte sie den Preis der Genesung zuletzt wahrgenommen.

Ihr Sohn war beängstigend gereift. Bastian war ruhig und ernst geworden, wie ein kleiner Erwachsener.

Als hätte sein Überleben einen furchtbaren Preis:

Das Ende der Kindheit.

Die Visite

Die Chefarztvisite hatte begonnen.

Für die Assistenten war das alles andere als ein Zuckerschlecken; Detailkenntnisse waren gefragt, was Krankengeschichte, Laborwerte und Konsiliarbefunde anging.

Berufserfahrung und ein fotografisches Gedächtnis hatten Jan Lübbers immer wieder geholfen, die anspruchsvollen Visiten erfolgreich zu überstehen.

*

»Wie lange bestehen die Rückenschmerzen denn schon?«, wollte der Professor nun von der neuen Patientin in Zimmer 8 wissen.

Jan trat einen Schritt nach vorne, denn diese Stationsseite war ihm zugeordnet.

Nachdem die Patientin geantwortet hatte, ergänzte er: »Frau Dombrowski kam gestern Nachmittag aus der Orthopädie zu uns wegen nicht-vertebragener Rückenschmerzen. Neurologische und orthopädische Ursachen der Dorsalgie wurden bereits ausgeschlossen. Jetzt soll eine etwaige Oberbauchproblematik abgeklärt werden. Das große Labor ist abgenommen, Thoraxröntgen und Oberbauchsono sind angemeldet.«

»Das Oberbauchsono war in Ordnung«, ergänzte die Patientin ungefragt. Es wäre Jan lieber gewesen, wenn diese Information von ihm selbst gekommen wäre. Aber der Sonographiebefund fehlte noch in den Akten; offenbar war die Frau unmittelbar vor der Visite untersucht worden.

»Hatten Sie denn in der Vergangenheit Beschwerden mit der Galle oder der Bauchspeicheldrüse?«, fragte der Chefarzt. Die Patientin schüttelte den Kopf.

»Und hatten Sie ausschließlich Rückenschmerzen oder auch andere Beschwerden, zum Beispiel Luftnot?«, hakte sein Chef nach.

»Ja sicher, die Luft war furchtbar knapp, aber nur für eine kurze Zeit«, antwortete die Frau.

Jetzt wird er nach Pille und Rauchgewohnheiten fragen, schoss es Jan Lübbers durch den Kopf.

Ja, sie rauchte und sie nahm die Pille. Damit lautete die neue Arbeitsdiagnose »Lungenarterienembolie«.

Enttäuscht wich er dem Blick des Chefarztes aus. Diese Differenzialdiagnose hatte er bei der Fallvorstellung mit keinem Wort erwähnt.

Eigentlich war er dringend darauf angewiesen, Werbung in eigener Sache zu betreiben. Denn sein befristeter Arbeitsvertrag lief in Kürze aus.

Aber diese Chance hatte er ungenutzt verstreichen lassen.

Das Versprechen

»Wenn du wieder gesund bist, geht's nach Afrika!«

Das hatte Ines' Mutter dem Enkelsohn versprochen.

Es war zu Beginn der stationären Behandlung, als Bastian mit einer deutlichen Verschlechterung auf den ersten Zyklus Chemotherapie reagiert hatte.

Das war zwar von den Hochschulärzten vorausgesagt worden, hatte Mutter und Großmutter aber dennoch tief beunruhigt. Gemeinsam taten sie alles, um den kleinen Patienten aufzumuntern.

Bald darauf hatte sich Bastian wieder erholt und auch im weiteren Verlauf keine vergleichbaren Nebenwirkungen mehr gezeigt.

＊

»Oma, kann ich dich etwas fragen?«

Es war ein Sonntagnachmittag, wenige Wochen nach Bastians Entlassung aus der Klinik.

Mittlerweile war so etwas wie eine Normalisierung der familiären Situation eingetreten. Seit wenigen Tagen nahm Bastian auch wieder am Schulunterricht teil. Nur die regelmäßigen Termine in der onkologischen Ambulanz erinnerten noch an den Albtraum der letzten Monate.

Ines sah, wie ihre Mutter das Buch zur Seite legte und zu Bastian hinüberging. »Sicher kannst du das, mein Schatz. Was hast du denn auf dem Herzen?«

»Oma, wenn man etwas verspricht, dann muss man es doch auch halten, oder?«

»Ja, da hast du vollkommen recht. Daher sollte man sich vorher gut überlegen, was man verspricht«, entgegnete Ines' Mutter.

Die beiden Frauen warteten nun darauf, dass Bastian weiterredete. Aber der Mut schien ihn urplötzlich verlassen zu haben.

»Geht es um die Afrikareise, die ich dir versprochen habe?«, fuhr stattdessen seine Großmutter fort.

Ines zuckte zusammen. Sie hatte sich bereits erschrocken, als ihre Mutter das Versprechen an Bastians Krankenbett gegeben hatte. Für diese Reise würde die alte Dame ihre allerletzten Ersparnisse aufbrauchen müssen.

Ines wollte eingreifen, doch die Mutter bedeutete ihr, sich zurückzuhalten.

Bastian druckste herum und schien verlegen. Dann nickte er zögerlich.

»Du brauchst dich nicht zu schämen, im Gegenteil. Also, eines ist klar: *Wir fahren!* Gemeinsam mit Mutti musst du jetzt Zeit und Reiseroute festlegen. Um den Rest kümmert sich Oma«, sagte die alte Dame bestimmt.

Ihr Enkelsohn strahlte nun über das ganze Gesicht.

Die Zigarre

»Dr. Lübbers ist hier, Herr Professor«, rief die Sekretärin durch die halb geöffnete Tür in das Chefzimmer. Offenbar war die Gegensprechanlage defekt.

Es dauerte nur wenige Sekunden, bis der Chefarzt im Türrahmen erschien und ihn hereinbat.

»Zigarre?«, fragte dieser, während er eine Holzschachtel auf den Tisch stellte: »KOHIBA TAMPISO, CUBA« lautete der Brandstempel auf dem Deckel.

Wo sonst bietet der Pneumologe dem Besucher eine Zigarre an? Jan Lübbers musste unwillkürlich schmunzeln, während er dankend ablehnte.

»Zigarren und Wein ähneln sich: Klima und Bodengüte bestimmen den Geschmack. Diese hier«, sagte der Chef und drehte dabei seine Zigarre quer von sich weg, als wolle er deren Besonderheit betonen, »aus kubanischen Tabakblättern, diese schmeckt würzig. Nach Erde und Honig. Andere Sorten eher fruchtig, holzig oder nussig. Es kommt auf die Herkunft an, wie bei einem guten Wein«, wiederholte er.

»Chef, quälen Sie den armen Assistenten nicht wieder mit Ihren Tiraden über das Zigarrenrauchen«, rief die Sekretärin aus dem Vorzimmer dazwischen. »Und das Lüften nicht vergessen!«

Offenbar bedurfte es zwischen den beiden keiner Gegensprechanlage. Der Chefarzt stand auf, öffnete das Fenster und kehrte dann zum Tisch zurück.

»Aber nun zu Ihnen. Wir sollten, ja wir *müssen* über ihre Stelle reden …«

Das Reisefieber

Bastians Genesung machte weiterhin Fortschritte.

Und Ines Lindberg war zwischenzeitlich an den Arbeitsplatz zurückgekehrt. Auch die Reiseplanungen hatte sie vorantreiben können. Die Flugtickets waren gebucht und das Abreisedatum in greifbare Nähe gerückt.

Sie hatte versucht, möglichst preiswerte Unterkünfte auszuwählen, um das Budget ihrer Mutter zu schonen. Doch als würde sie es ahnen, hatte die alte Dame immer wieder reges Interesse an den Planungen gezeigt. Wiederholt hatte ihre Mutter Einspruch eingelegt, wenn die Cottages zu schlicht erschienen oder interessante Ausflüge nicht gebucht waren.

Tatsächlich hatte das Reisefieber mittlerweile die ganze Familie ergriffen. Auch Ines sehnte den Abflug herbei. Sie freute sich auf eine aufregende Zeit in der Ferne.

Fern genug, um jegliche Krankheit zu vergessen zu lassen.

Die Operation

»Krankenhaus Nordstadt, Frau Lindberg?«

Ines erstarrte vor Schreck.

Der Anruf der Klinik erreichte sie am Arbeitsplatz.

Mit Mühe bejahte sie die Frage.

»Notaufnahme, Schwester Anja. Frau Lindberg, Ihre Mutter wurde heute Mittag eingeliefert. Sie ist gestürzt und hat sich den Oberschenkel gebrochen.«

»*Den Oberschenkel gebrochen ...?«*, echote Ines ungläubig.

»Ja, aber es geht ihr so weit gut. Sie wird heute noch operiert und bittet darum, dass Sie vorher vorbeikommen. Ihre Mutter benötigt etwas Wäsche und Toilettensachen. Sie liegt in der Unfallchirurgie, Station 2A.«

»Natürlich, ich komme natürlich ...«

Ines hörte sich wie mit fremder Stimme antworten.

Dann begann ihr Herz zu rasen.

*

Tatsächlich ging es ihrer Mutter den Umständen entsprechend gut. Die rüstige alte Dame schien so schnell nichts aus der Fassung zu bringen.

Aber an eine Fernreise war unter keinen Umständen mehr zu denken.

Wie soll ich es Bastian beibringen?

Auf diese Frage hatte Ines Lindberg keine Antwort.

Sie war ratlos und verzweifelt.

Bis ihr Retter auf den Plan trat.

Der Wirt

Keine Vertragsverlängerung.

So hatte das enttäuschende Fazit des Chefarzttermins gelautet, mit dem Jan Lübbers große Hoffnungen verbunden hatte. Der Professor hatte es mit Kürzungen durch die Verwaltung erklärt, die zuerst Klinikärzte ohne familiären Anhang beträfen.

Das Pech schien nun auch beruflich an seinen Stiefeln zu kleben. Er beschloss, sich am Abend mit einem guten Essen und einigen Gläsern Rotwein zu trösten.

Am Folgetag musste dann die Stellensuche starten.

*

»Dottore, la tua bella donna, dov'è stasera?!«

Alfredo brachte die Rechnung.

»Wo ist *la Bella Donna* heute Abend?«, beharrte der Wirt lautstark.

Genau deswegen hatte Jan Lübbers sein Stammlokal zuletzt gemieden. Alfredo war überaus herzlich, aber leider ebenso distanzlos. Und das Letzte, was Jan an diesem Abend brauchen konnte, waren Nachfragen zu Ines Lindberg.

Er murmelte eine Erklärung, während er dem Wirt die Kreditkarte reichte.

Doch der ignorierte die ausgestreckte Hand und sah ihn prüfend an: »Oh caro, colpo di cuore! *Liebeskummer!* Alfredo ist keine Arzt, aber kann machen ›Diagnosi‹. Und kann geben ›Medicazione‹.«

Mit diesen Worten rief er zum Tresen herüber: »Roberto, una grappa *grande* per il dottore!«

Damit war das eingetreten, was Jan unter allen Umständen hatte vermeiden wollen.

Von den Nachbartischen sahen andere Gäste amüsiert herüber. Alfredo legte ihm nun vertraulich den Arm um die Schulter und tröstete ihn auf Italienisch.

Eilig leerte Jan das randvolle Grappaglas. Dabei verschluckte er sich und erlitt einen heftigen Hustenanfall.

Der Wirt klopfte ihm mit seiner Pranke auf den Rücken, während er den Nachbartischen augenzwinkernd verriet, dass der ›Dottore‹ Liebeskummer habe.

Husten und Verlegenheit hatten Jans Gesichtsfarbe auf Dunkelrot wechseln lassen, als die Eingangstür aufging.

Ein großer, elegant gekleideter Mann betrat die Trattoria in Begleitung. Es war ein Internist, den Jan flüchtig kannte.

Seine Begleiterin war Ines Lindberg.

Der Helfer

Ausgerechnet Dr. Kramer war der Retter in der Not.

Jener Arzt, den sie nur einmal zu Beginn von Bastians Erkrankung aufgesucht hatte.

Doch fast alle älteren Damen aus dem Freundeskreis ihrer Mutter waren Patientinnen des Internisten. Eine von ihnen musste die Nachricht vom Unfall weitergetragen haben.

Kurz darauf meldete sich Dr. Kramer telefonisch. Der Arzt war offensichtlich bestens informiert.

Er habe bereits mit den zuständigen Behörden telefoniert und eine Haushaltshilfe sowie eine ambulante Pflege für ihre Mutter durchsetzen können. Zudem würde er durch regelmäßige Hausbesuche dafür sorgen, dass deren Genesung rasch fortschreite.

Zu guter letzter Letzt hatte der Mediziner einen befreundeten Geschäftsmann kontaktiert, der regelmäßig über Frankfurt nach Südafrika reiste. Dieser sei bereit, die Flugbuchung ihrer Mutter zu übernehmen.

Insbesondere die Ticketübernahme war eine große Erleichterung, da die alte Dame aus Sparsamkeit auf eine Reiseversicherung verzichtet hatte.

Ihre Mutter bestand nun darauf, dass Tochter und Enkel die Reise antraten.

Ines schien all das wie ein Wunder.

*

Der Internist hatte zum »Arbeitsessen« eingeladen. Und dafür ein Sterne-Restaurant ausgesucht.

Doch Ines Lindberg missfiel der Gedanke; für ihren Geschmack klang es zu sehr nach einem Rendezvous.

Stattdessen schlug sie ein bodenständiges Lokal vor. Sie wollte vermeiden, Ihren Helfer durch eine Absage gänzlich zu brüskieren.

Dr. Kramer schien kurzzeitig verstimmt, lenkte dann aber ein und entschied sich für das Bella Italia.

Eingedenk der Abende mit Jan wollte sie erneut ablehnen. Doch das hätte kapriziös und undankbar gewirkt.

So willigte Ines ein.

*

Im Eingangsbereich warteten zwei Kellner auf sie.

Wortreich führten die beiden sie zum Tisch.

Dass Jan Lübbers ausgerechnet an diesem Abend ebenfalls zu Gast war, entging Ines zunächst angesichts der lautstarken Eskorte.

Erst als Jan beim Verlassen des Lokals kurz herüberwinkte, wurde sie auf ihn aufmerksam.

Verlegen grüßte sie zurück.

Sie nahm sich vor, ihn am nächsten Tag anzurufen.

Dann würde sie die Situation erklären können.

*

Geistreich und belesen.

So hatte sich ihr Gastgeber präsentiert.

Angesichts des attraktiven Äußeren hatte Ines dem Arzt diese Eigenschaften nicht unbedingt zugetraut.

Beim Abschied half Dr. Kramer ihr in den Mantel. Dabei verkürzte er den Abstand deutlicher als erforderlich. Doch Ines befreite sich mit einer eleganten Drehung und reichte ihm zum Abschied die Hand.

Für einen Moment blitzten seine Augen wütend auf.

Sofort aber kehrte er zum verbindlichen Ton zurück.

Und bedankte sich für einen wunderbaren Abend.

TEIL 3: DIE GOLDSTADT

Johannesburg (Südafrika), im September 2018

Die Zahlen

»Chef, Sie sind ein Schatz!«

Begeistert nahm Jocelyn ihren Kaffee entgegen.

James McDermott hatte an diesem Morgen einen Umweg über den De Villies Motorway in Kauf genommen, um beim Coffeeshop »Crafts« einen Zwischenstopp zu machen.

Der Latte macchiato war jeden Umweg wert.

Ebenso wie das Lächeln seiner Sekretärin, deren makelloser dunkler Teint in Widerspruch zum kalendarischen Alter zu stehen schien.

»Aber bloß …«, begann Jocelyn ihre rituelle Anmerkung, die er wie gewohnt zu Ende führte: »… *keine Schwachheiten einbilden*, ich weiß.«

Dann fügte McDermott hinzu: »Sie könnten Ihrem Chef ruhig ein paar Illusionen gönnen.«

»Ach Sie!«, rief Jocelyn mit gespielter Verärgerung und winkte ab. »Manche Männer wollen nur ihre Ruhe. Die interessieren sich gar nicht für eine *richtige* Beziehung!«

Dieses Pflaster wurde McDermott nun doch zu heiß.

Mit dem Poststapel in der Hand zog er weiter in sein Büro und musste dabei an den Johannesburger Polizei-Skandal denken.

Mit Jocelyn als unfreiwilliger Hauptdarstellerin.

*

Zugetragen hatte es sich es auf einer Weihnachtsfeier des Johannesburger Metropolitan Police Departments, gemeinhin als JMPD abgekürzt.

Der Abend war bereits fortgeschritten und die Beamten einer Eliteeinheit hatten zweifellos etwas zu viel getrunken.

Einer der Polizisten kam auf die Idee, die Wahl zur »Hottest Secretary« des JMPD auszurufen. Vermutlich wäre das alles ohne Folgen geblieben, wenn die Beamten auch eine der anwesenden Damen gekürt hätten.

Stattdessen fiel die Wahl in Abwesenheit auf Jocelyn.

Kurz darauf schaltete eine der Verliererinnen den Gleichstellungsbeauftragten ein; sie wolle gegen die »sexuelle Objektifizierung« protestieren, hatte es geheißen.

Die harmlose Entgleisung der jungen Beamten zog weite Kreise, bis in die Medien und Lokalpolitik.

Die beteiligten Polizisten erhielten eine Abmahnung und wurden strafversetzt. Mehrere Beamte der betroffenen Eliteeinheit kündigten daraufhin und gründeten einen privaten Sicherheitsdienst.

In den Folgejahren waren regelmäßig gut ausgebildete JMPD-Beamte zu der Firma gewechselt.

Meist die Besten ihres Jahrgangs.

*

Seither war Jocelyn eine Art Berühmtheit im JMPD, um die McDermott von den Kollegen beneidet wurde.

Nicht selten brachten diese Dossiers persönlich vorbei, wenn eine Mail genügt hätte. Oder sie suchten unter einem Vorwand sein Büro auf, obwohl er sich bekanntermaßen außer Haus aufhielt.

Ob die geschiedene Jocelyn auf eine der zahllosen Avancen einging, blieb unklar.

Zumindest hatte sich noch keiner ihrer Eroberung gerühmt.

Der Flug

»Was darf es bei Ihnen sein?«

Ines wandte den Kopf zur Stewardess.

»Bitte ein stilles Wasser und ein Glas Weißwein«, antwortete sie.

»Und für den jungen Mann …?«

Sie blickte auf ihren Sohn, doch dieser schlummerte tief und fest.

»Klingeln Sie einfach, wenn er wieder wach ist«, sagte die Stewardess und wandte sich dem Sitznachbarn zu. »Und bei Ihnen, Sir?«

Auf diesem Platz hätte eigentlich ihre Mutter sitzen sollen. Unwillkürlich musste Ines an den Unfall denken und die Erleichterung, dass die alte Dame die Operation gut überstanden hatte.

»Über all den Wolken lacht doch noch die Sonne«, unterbrach der Nachbar ihren Gedankengang. Dieser hatte sich beim Start als Daniel Petrov vorgestellt.

»Gott sei Dank. Ich hatte schon Sorge, dass uns das schlechte Frankfurter Wetter den ganzen Flug über erhalten bleibt«, erwiderte Ines und nutzte die Gelegenheit, sich nochmals für die Übernahme des Flugtickets zu bedanken.

Erst jetzt, da Bastian eingeschlafen war, hatte sie Gelegenheit, sich mit dem Mann in Ruhe zu unterhalten.

»Wenn ich Dr. Kramer richtig verstanden habe, sind Sie geschäftlich unterwegs in Südafrika. Darf ich fragen, in welcher Branche Sie tätig sind?«, erkundigte sie sich.

Doch ihr Gesprächspartner reagierte unerwartet zurückhaltend, fast ausweichend. Auch Petrovs weitere Auskünfte zu Herkunft und Reisezielen schienen ihr eher beliebig. Sie begann das Interesse an weiterer Konversation zu verlieren.

Umgekehrt zeigte sich der elegant gekleidete Nachbar durchaus interessiert an den Reisedetails von Ines und Bastian.

Ines betrachtete ihren Mitreisenden nun genauer.

Sie schätzte das Alter des Mannes auf Mitte bis Ende vierzig. Als Jugendlicher musste er eine schwere Akne durchgemacht haben, denn unter dem gleichmäßig gebräunten Teint war die Haut grobporig vernarbt. Die Haare schienen gefärbt zu sein. Allerdings so professionell, dass ein flüchtiger Betrachter das blonde Haupthaar vermutlich der südafrikanischen Sonne zugeschrieben hätte.

Seine groben Hände kontrastierten deutlich zum eleganten Maßanzug; dieser wies abgerundete Reversecken und ein Monogramm im Horn der Knopfleiste auf. Die Manschette seines schneeweißen Hemdes war doppelt umgeschlagen und wurde von einem goldenen Manschettenknopf geziert.

Das Aftershave roch nach Zitrusöl und Moschus und war vermutlich noch zwei Reihen weiter wahrnehmbar.

Das Rollen des »R« deutete auf einen osteuropäischen Hintergrund.

Ines musste an Dr. Kramer denken.

Den geistreichen, kultivierten Internisten, der zu allen wichtigen Themen aus Kultur und Politik eine differenzierte Meinung zu haben schien.

Was verbindet einen solchen Arzt mit Daniel Petrov?
Hierauf konnte sie sich keinen Reim machen.

Das Paradies

Gangsta's Paradise!

So übersetzten Johannesburger ihr Kennzeichen.

Wegen der Zugehörigkeit zur Provinz Gauteng endeten dieses Autokennzeichen mit dem Kürzel »GP«.

Tatsächlich war die Verbrechensrate in den letzten Jahren kontinuierlich gestiegen. Selbst Los Angeles wirkte mit seinen sieben Morden pro 100.000 Einwohnern wie ein Mauerblümchen gegenüber Johannesburg, das einunddreißig Morde im selben Zeitraum zu beklagen hatte.

Mehr als zwei Drittel der Morde passierten am Wochenende, zwischen 21 Uhr und 3 Uhr morgens, wenn Alkohol und Drogen eine wichtige Rolle spielten.

Frustriert schloss McDermott den Polizeireport.

Zurecht galt sein geliebtes Johannesburg weiterhin als »Capital of Crime«, als eine Hauptstadt des Verbrechens.

Daran gab es nichts zu deuteln.

*

Laut scheppernd erklang die Gegensprechanlage.

»Chief, bitte nicht vergessen: Das Mentorenprogramm startet für Sie am Sonntag, im Hotel Garden Inn, um 13 Uhr. Der Anwärter, den Sie begleiten werden, heißt Jesiah Mallinckrodt.«

McDermott war wenig begeistert. Aber er selbst hatte ja das Mentoren-Projekt initiiert, das Nachwuchs und Leitung des JMPD einander näherbringen sollte.

So fügte er sich in sein sonntägliches Schicksal.

Die Zwischenlandung

Seit zwei Stunden standen sie auf Nairobis Airport. Bislang ohne eine Erklärung für den Zwischenstopp. Ines blickte auf ihren Sohn, der in seinem Buch las. Er war so erwachsen geworden, dass es ihr beinahe Angst machte.

Bastian nahm die Dinge mit seinem wachen Verstand zur Kenntnis, ohne zu klagen. Aber auch ohne Anlehnung oder Zuwendung zu suchen, wie es Kinder in seinem Alter für gewöhnlich taten.

»Ich störe ungern«, riss sie der Nachbar aus den Gedanken. »Aber wir müssen das Flugzeug verlassen und in Nairobi übernachten.«

Tatsächlich kam Bewegung in die Sitzreihen vor ihnen.

Kurz darauf plärrte aus dem Bordlautsprecher die Ansage, dass Arbeitszeitvorschriften des Bordpersonals einen Weiterflug nicht zuließen. Am nächsten Morgen ginge es in aller Frühe weiter.

Ines durchfuhr ein eisiger Schreck.

Wenn es dabei bliebe, würden ihre Anschlussflüge zu den Victoriafällen am Folgetag hinfällig werden.

Verzweifelt hielt sie Ausschau nach einer Stewardess, um gegen die Verschiebung des Anschlussfluges zu protestieren.

Doch ein Blick in die erschöpften Gesichter der Mitreisenden reichte.

Jetzt einen Aufstand zu veranstalten war sinnlos.

Die Sportbar

»James, alter Halunke …«

Walter Henley war eingetroffen.

»Pack den Mist zur Seite. In deinem Alter ist die Produktivität um diese Uhrzeit ohnehin gleich Null. Jetzt beginnt der *Weekend-Wahnsinn!*«

Henley war ein alter Freund und langjähriger Weggefährte im Polizeipräsidium.

McDermott hob erstaunt den Kopf.

»Walter, kauf dir endlich mal 'ne anständige Uhr. Du bist schon wieder eine halbe Stunde zu früh. Ist denn bei euch im ›Organized Crime‹ gar nichts mehr los? Oder habt ihr die wenigen Fälle endlich gelöst gekriegt?«

Derartige Frotzeleien läuteten für die beiden Urgesteine des JMPD regelmäßig den Beginn des gemeinsamen Freitagabends ein.

Walter Henley war zweimal geschieden und hatte vier Kinder zu versorgen. Ungeachtet seiner leitenden Stellung in der Abteilung für ›Organisierte Kriminalität‹ war er grundsätzlich knapp bei Kasse. Damit schieden teure Restaurants oder exklusive Bars für ihre gemeinsamen Abende von vornherein aus.

In der Regel landeten die beiden Officer freitagabends im »Bern's«.

Es handelte sich um eine beliebte Sportbar, in der aktuelle Spiele und Wettkämpfe auf Großbildschirmen liefen.

»Falls du glaubst, ich komme deinetwegen auch nur eine Sekunde früher, hast du dich bitter getäuscht! Eigentlich hatte ich gehofft, deine Sekretärin noch anzutreffen.«

Aber Jocelyn hatte sich an diesem Freitag pünktlich in den Feierabend verabschiedet.

»Wahrscheinlich wusste sie, dass du ihr wieder nachsteigen kommst, und ist deswegen rechtzeitig getürmt«, teilte McDermott aus.

»Wenn du mit dem ›Thema Frau‹ nichts mehr anfangen kannst und als Mönch sterben willst, bitte, okay! Aber deswegen muss der Rest der Welt ja nicht in Askese leben«, gab Henley kampflustig zurück.

Lachend kapitulierte McDermott: »Okay, Walter, du bist heute einfach zu gut in Form für mich. Ich gebe mich geschlagen.«

Er schaltete die Schreibtischlampe aus und steuerte auf seinen Freund zu.

»Bern's Sportsbar, wie immer?«, fragte er.

»Bern's *forever!*«, erwiderte Henley.

*

Die Happy Hour neigte sich dem Ende zu.

Das Lokal war brechend voll und alle Tische besetzt.

Bis auf einen.

Dieser Zweiertisch, mit bester Sicht auf die überlebensgroßen Bildschirme, wirkte wie eine extraterrestrische Zone.

Die beiden Officer nahmen Platz und schoben das Schild mit dem Aufdruck *Reserviert* zur Seite.

»James und Walter, schön, dass ihr wieder da seid!«

Mit diesen Worten trat Timothy Bern heran und stellte zwei große Gläser Ale vor die beiden. »Fish and Chips kommen sofort.«

Tims Eltern hatten die Bar vor über dreißig Jahren an diesem Platz eröffnet und sich erst kürzlich aus dem Tagesgeschäft zurückgezogen.

»Alles klar, keine Eile, Tim«, sagte McDermott und zog den jungen Wirt dabei dicht an sich heran: »Und Tim, bitte keine Diskussionen: *Mit* Rechnung!«

*

Das Bern's war seinerzeit in Gefahr geraten.

Eine Straßengang hatte versucht, durch Schutzgelderpressung vom hart erarbeiteten Erfolg des Familienbetriebes zu profitieren.

Doch die Familie hatten sich geweigert, darauf einzugehen.

Eines Freitagabends waren dann die überwiegend jugendlichen Gangmitglieder in Mannschaftsstärke angerückt, bewaffnet mit Baseballschlägern.

Offenbar hatten sie die Absicht gehabt, die Sportbar zu verwüsten.

Dass die beiden JMPD-Officer zu den Stammgästen der Bar gehörten, konnte die Gang nicht ahnen.

Die Betreiber hingegen hatten James McDermott schon viele Jahre zuvor anhand eines Zeitungsartikels erkannt. Gelegentlich baten sie ihn um Hilfe, wenn einer der Gäste zu sehr über die Stränge schlug. Erscheinungsbild und Auftreten des Officers reichten in der Regel, um auch dem größten Raufbold den Spaß an einer Auseinandersetzung zu verderben.

Als die Schutzgelderpressung zu eskalieren drohte, wandte sich die Familie erneut an den Officer.

Zusammen mit Walter Henley hatte McDermott daraufhin die Überwachung der Bande angeordnet und so Hinweise auf den geplanten Überfall erhalten.

Beim Eintreffen der Gang lag eine Sondereinheit des JMPD bereits auf der Lauer.

Als die Bandenmitglieder ihre Fahrzeuge verließen und die Bar stürmen wollten, wurden sie von den schwerbewaffneten Beamten gestoppt und festgesetzt.

Doch das JMPD konnte der Familie Bern keinen Dauerschutz garantieren. Und die jungen Schläger würden binnen kurzer Zeit wieder auf freiem Fuß sein. Daran hatte McDermott keinen Zweifel.

Er beschloss, der Gang eine Lektion zu erteilen.

Eine Lektion, die die jungen Schläger nicht vergessen würden.

*

Als Kopf der Bande hatten sie im Vorfeld Sami Mubango identifiziert, einen zwanzigjährigen Bodybuilder und Gelegenheitsboxer.

Gegen Mubango waren mehrere Strafverfahren anhängig, unter anderem wegen Drogenhandels und häuslicher Gewalt.

Nachdem die Beamten die Täter zu Boden gebracht hatten, trat McDermott an Mubango heran. Er zog ihn hoch und öffnete dessen Handschellen. Officer und Schläger standen sich nun direkt gegenüber.

Während Flüche und Beschimpfungen auf McDermott einprasselten, gab dieser seinem Gegenüber eine schallende Ohrfeige.

Überrascht hielt sich Mubango die Wange.

Offenbar hatte der Mann, der kurz zuvor noch ein ganzes Lokal verwüsten wollte, kein Konzept für eine solch banale Situation.

Erneute verpasste ihm der Officer eine Ohrfeige. Diese Demütigung führte zu einem wütenden Aufheulen der Gangmitglieder, die ihren Anführer kämpfen sehen wollten.

Mubango nahm die Boxerstellung ein und schlug ein paar Finten, die von den Jugendlichen mit Klatschen und Johlen quittiert wurden. Doch binnen kurzer Zeit wich das Gejohle blankem Entsetzen.

Mit wenigen harten Treffern hatte McDermott rasch die Oberhand gewonnen und trieb Mubango nun nach Belieben vor sich her. Kurz darauf lag dieser blutend am Boden und flehte um Schonung.

Die lautstarken Flüche und Proteste waren mittlerweile verstummt. Die Entzauberung des Anführers hatte der Gang offenbar den Schneid abgekauft.

Auch das Thema Schutzgeld hatte sich damit erledigt.

Seither gab es den Zweiertisch im Bern's für die beiden Beamten.

*

Auf dem Großbildschirm lief der Kampf ›Joshua gegen Poverkin‹ um die Schwergewichts-Weltmeisterschaft.

Während der Kampf Runde um Runde voranschritt, schweiften McDermott Gedanken weit zurück.

Bis zum abrupten Ende der eigenen Boxkarriere.

Der Knopf

Fast gleichzeitig stoppten mehrere Busse am Hotel.

Vor der Rezeption entstand nun eine Warteschlange.

Ines Lindberg nutzte die Zeit, um sich in der Lobby umzusehen. Das Hotel war in der protzigen Businessarchitektur der 70er-Jahre erbaut worden, machte aber immer noch einen relativ gepflegten Eindruck.

Ihr Blick fiel auf ein Pärchen, einen circa fünfzigjährigen Weißen mit seiner freizügig gekleideten afrikanischen Begleiterin. Der Mann stritt aufgeregt mit einem Portier. Offenbar wollte der Angestellte verhindern, dass die Frau mit dem Hotelgast aufs Zimmer ging.

Die Frau schien wenig überrascht und nahm die Ablehnung deutlich gelassener als ihr Begleiter.

*

Im Hotelzimmer angekommen brachte Ines ihren Sohn ins Bett und schminkte sich ab.

Im kalten Licht des Badezimmers waren die ersten Falten erkennbar. Die Schicksalsschläge der letzten Jahre hatten offenbar Spuren hinterlassen.

Sie kehrte in das Zimmer zurück und trat an Bastians Bett; selbst im Schlaf schien ihr Sohn diesen ernsten Gesichtsausdruck zu zeigen, der in einem seltsamen Widerspruch zu seinem Alter stand.

Dann warf sie einen Blick in die Minibar. Der kleine Kühlschrank enthielt Spirituosen und Cola, aber Wasser und Säfte fehlten.

Dass Bastian nachts aufwachte und Durst hatte, war keine Seltenheit. Sie beschloss, aus der Hotelbar eine Flasche Sprudel zu holen, bevor es dafür zu spät war.

Als Ines im Halbdunkel das Zimmer verließ, hörte sie Stimmen auf dem Flur.

Ein Mann und eine Frau scherzten leise miteinander. Der Mann stand noch im Raum und war nicht erkennbar. Bei der Frau handelte es sich offenbar um eine afrikanische Hotelangestellte.

Kurz darauf umfasste der Mann die Taille der Frau und zog sie in das Zimmer. Dabei rutschte der Sakkoärmel nach oben und gab den Blick frei.

Auf eine schneeweiße Manschette mit Goldknopf.

*

»Ich kenne diesen Mann«, sagte Bastian.

Daniel Petrov war spät zum Frühstück erschienen und winkte herüber. Ines grüßte kurz zurück.

»Natürlich kennst du diesen Mann«, wandte sie sich an ihren Sohn. »Er saß die ganze Zeit im Flugzeug neben uns.«

»Nein, ich kenne den Mann«, beharrte Bastian.

Und bevor sie etwas erwidern konnte, fügte er hinzu: »Von zu Hause, vom Doktor!«

Ines unterdrückte den Impuls, diese Aussage zu kommentieren.

Nach dem Tod seines Vaters hatte Bastian immer wieder mit scheinbar unverständlichen Äußerungen für Verwirrung gesorgt.

Der Schulpsychologe, der ihn nach dem Tod seines Vaters betreut hatte, hatte von dem Bedürfnis nach Aufmerksamkeit gesprochen.

Ines nahm sich vor, das Gespräch über den Sitznachbarn auf einen ruhigeren Moment zu verschieben.

Dann würde sie mehr erfahren können.

Der Boxer

Der Freitagabend hatte feuchtfröhlich geendet.

Die Officer ließen sich ein Taxi rufen und Tim Bern begleitete sie hinaus.

Erneut wollte der junge Wirt die Bezahlung der Zeche umschiffen. Doch er scheiterte an McDermotts Widerstand.

Der Officer schätzte die Dankbarkeit der Familie. Aber in dienstlichen Belangen konnte und wollte er sich nichts zuschulden kommen lassen. Angreifbarkeit war das Letzte, was er brauchen konnte.

Die *Joburg Times* hatte ihn im Vorjahr nach Aufklärung eines spektakulären Entführungsfalles zum berühmtesten Polizisten Südafrikas erklärt.

Das hatte eine Welle von Anfeindungen ausgelöst und ihn beim Polizeipräsidenten in Ungnade fallen lassen. Dieser war politischer Beamter und teilte den Medienglanz nur sehr ungern.

Die reine Weste und eine gewisse Prominenz waren ein guter, wenn auch nicht perfekter Schutz vor der missgünstigen Polizeiführung.

*

Am Samstagmorgen machte sich McDermott auf den Rückweg zur Sportbar, um seinen Wagen abzuholen.

Die Kopfschmerzen erinnerten ihn an den Vorabend und an die Übertragung des Boxkampfes.

Aus dem Seitenfenster blickte er auf die Industrieanlagen, die die Straßen säumten.

Boxkampf und Fabriksilhouetten lenkten seine Gedanken nun weit zurück, bis in die eigene Kindheit und Jugend.

*

James McDermott war in Belfast aufgewachsen.

Armut und Gewalt hatten seine Kindheit im East Belfaster Werftenviertel geprägt.

James hatte die hellen Haare und wasserblauen Augen seines Vaters geerbt, eines in Belfast gestrandeten, schwedischen Seemanns. Das machte ihn zum Fremden und damit zum willkommenen Opfer der Jugendbanden.

Erst als Pater McDraughty ihn zum Training in den Boxclub der nordirischen Arbeiterjugend empfahl, begannen sich die Dinge zu ändern.

Kurz darauf verwandelte die Pubertät den schlaksigen Belfaster Schuljungen in einen kräftigen, groß gewachsenen Jugendlichen.

Die Erfolge in den Boxwettkämpfen der Jugendklassen trugen ihm ein Stipendium an der renommierten »Belfast Boxing Academy« ein. Auch dort lief es für den technisch versierten Nachwuchsboxer James vielversprechend.

Bis er bei den Stadtmeisterschaften an einen Boxer namens Will Kingsley geriet, wegen seines unsauberen Kampfstils »Willy the Pig« genannt.

Eine Zeit lang hatte es so ausgesehen, als würde die boxerische Qualität auch bei diesem Kampf den Ausschlag zu James' Gunsten geben.

Doch dann war er auf einer Schweißlache ausgerutscht und hatte für wenige Sekunden das Gleichgewicht verloren.

Reaktionsschnell nutzte sein Gegner die Gelegenheit, um einen Uppercut zu platzieren. Anschließend machte Kingsley seinem Spitznamen alle Ehre und brachte James' Augenbraue mit einem ungeahndeten Kopfstoß zum Reißen.

James litt nun unter einem blutigen Rinnsal im linken Auge und hatte Probleme, Gegner und Ring überhaupt noch zu erkennen.

Derweil steigerte sich »Willy the Pig« in einen Gewaltrausch und prügelte wie entfesselt auf seinen angeschlagenen Gegner ein. Selbst der Kampfabbruch hielt ihn nicht davon ab, weiter zuzuschlagen. Erst mit vereinten Kräften gelang es Offiziellen und anderen Boxern Kingsley abzudrängen.

Doch für James kam das Einschreiten zu spät.

Bewusstlos lag er in einer Blutlache am Boden.

Die Landung

Der Rücktransfer zum Airport lief reibungslos.

Vier Stunden später landeten sie in Johannesburg. Während des Weiterfluges war Ines ihrem Sitznachbarn gegenüber freundlich, aber kurz angebunden geblieben. Dessen nächtliches Techtelmechtel mit der Hotelangestellten war zwar eine Privatangelegenheit. Aber es passte irgendwie zum halbseidenen Auftreten des Mannes.

*

Johannesburgs Flughafen, der O.R. Tambo International Airport, beeindruckte Ines mit seiner modernen und aufgeräumten Architektur. Genauso gut hätte es sich um einen europäischen Flughafen handeln können.

Während sie am Gepäckband warteten, ging ihr die Reiseroute durch den Kopf.

Ursprünglich hatte die Planung eine Weiterreise zu den Victoriafällen, und von dort in den Krugerpark vorgesehen. Anschließend wären sie der Garden Route von Mossel Bay in Richtung Port Elizabeth gefolgt und hätten die Gelegenheit zum Zwischenstopp in Plettenberg Bay genutzt.

Bis nach Kapstadt wäre es dann noch eine knappe Tagesreise gewesen. In Kapstadt selbst hatte die Agentur Ausflüge eingeplant, unter anderem zum Kap der Guten Hoffnung und in die Weinregion um Stellenbosch.

Die Route musste nun überarbeitet werden.

Gleichzeitig gingen ihr die Reisetipps aus dem Freundes- und Bekanntenkreis durch den Kopf.

Die meisten Südafrikabesucher hatten begeistert von der vielseitigen Landschaft und den Wildbegegnungen in den Nationalparks berichtet. Aber immer wieder war auch davor gewarnt worden, die Sicherheitshinweise der örtlichen Behörden zu ignorieren.

In Johannesburg müsse man bestimmte Stadtteile mit dem Mietwagen unbedingt meiden.

Und beim Ampelstopp seien grundsätzlich die Türen zu verriegeln.

All das war Ines selbstverständlich erschienen.

Doch der Teufel steckte auch hier im Detail.

*

Nach der Landung in Johannesburg hatte Petrov sich bemüht, in ihre Nähe zu gelangen. Aber sein Koffer war einer der letzten auf dem Transportband, sodass er die Zollabfertigung deutlich später erreichte.

Ines hingegen hatte sich bereits vor der Landung über die Schalter der Autovermietungen informiert. Von der Passkontrolle aus strebte sie direkt dorthin, mit ihrem Sohn an der Hand.

Den Mietvertrag unterschrieb sie ohne genauere Prüfung. Auch die Übergabe des Wagens, eines weißen Toyota Corolla, kürzte sie so weit wie möglich ab.

Beim Blick in das Wageninnere wurde sie an den ungewohnten Linksverkehr erinnert.

Gern hätte sie sich damit in Ruhe vertraut gemacht. Aber dazu blieb keine Zeit.

Das Grab

Es war der zweite Samstag des Monats.

An einem solchen Samstag hatte seine geliebte Catherine seinerzeit ihren Kampf gegen den Krebs verloren. Seither war McDermott an jedem zweiten Samstag des Monats zum Friedhof gefahren.

Selbst nach seiner Blinddarmoperation hatte er die Klinik gegen ärztlichen Rat am Samstagmorgen verlassen, um den Grabbesuch nicht zu versäumen.

*

Er parkte den dunkelroten Alfa Romeo vor dem Blumenladen des Westpark Cemetery. Dort kaufte er einen Strauß Gerbera, Catherines Lieblingsblume.

Seine Frau hatte den Friedhof als letzte Ruhestätte gewählt, weil er das Familiengrab der Devilles beherbergte. Angrenzend an den Friedhof waren weitere Grünflächen und ein Botanischer Garten angelegt worden, die der Anlage insgesamt etwas Großzügiges verliehen.

Dass sich auf dem Friedhof auch die Grabstätten prominenter Südafrikaner befanden, bekannt als »Heroes' Acre«, hatte Catherines Familie einiges bedeutet.

McDermott musste unwillkürlich schmunzeln angesichts der Eitelkeiten der Familie Deville, die auch vor dem Jenseits nicht Halt gemacht hatten.

Am Grab angelangt deponierte er seinen Strauß in einer Vase, füllte das Behältnis mit frischem Wasser und platzierte es neben den Grabstein. Dann setzte er sich auf die beistehende kleine Bank.

Auch an diesem Samstagmorgen wirkte der Friedhof verwaist. Die Leute waren offenbar mit Einkäufen und anderen Besorgungen beschäftigt. Die sprichwörtliche Friedhofsruhe half McDermott einmal mehr, die Erinnerungen an seine geliebte Frau zuzulassen.

An diese schöne, zarte und vornehme Person aus der Johannesburger Oberschicht. Die schon rein äußerlich nicht zum hünenhaften, entstellten Sohn eines Belfaster Werftarbeiters hatte passen wollen.

Und an ihre erste Begegnung, die tiefen Gräben hätte aufreißen müssen.

Anstatt in die Liebe ihres Lebens zu münden.

Das Parkhaus

Urplötzlich begann es sintflutartig zu regnen.

Rasch waren die Scheiben beschlagen und Ines hatte Mühe, den Toyota sicher durch die Ausfahrt des Parkhauses zu steuern.

Spät erst erkannte sie die Umrisse einer Gestalt.

Diese war vollständig in einen dunklen Regenmantel gehüllt, die Kapuze weit ins Gesicht gezogen. Offenbar handelte es sich um einen großen, kräftigen Mann, der im strömenden Regen das Innere der dicht gedrängten Mietwagen kontrollierte. Die Stelle war strategisch günstig gewählt, da die Car Rentals zwar getrennte Stellplätze hatten, aber ein und dieselbe Ausfahrt nutzten.

Langsam rollte Ines auf die Schranke zu und zählte vier weitere Autos, die vor ihr auf die Ausfahrt warteten.

Binnen kürzester Zeit hatte der Kapuzenmann drei der Fahrzeuge durchgemustert. Jetzt war er am Wagen direkt vor ihnen angelangt. Dabei handelte sich um einen verbeulten Oldtimer, der offenbar irrtümlich in das Mietwagenareal gelangt war.

Als der Mann das bemerkte, änderte er abrupt die Richtung und steuerte mit schnellen Schritten auf den Corolla zu.

Müdigkeit und Verwirrung waren auf einen Schlag wie weggeblasen. Ines' Hände bewegten sich wie von selbst. Während die linke den ersten Gang einlegte, fuhr die rechte Hand zur Verriegelung der Fahrertür.

Doch sie griff ins Leere.

Der Rowdy

Es war der letzte Einsatz des Anwärters McDermott, unmittelbar vor der Übernahme in den Polizeidienst.

Zusammen mit einem ausgebrannten, älteren Kollegen war er gegen Mittag nach Parktown gerufen worden, eine der teuersten Wohngegenden Johannesburgs.

Zeugen hatte von Beschädigungen an mehreren Fahrzeugen berichtet.

∗

Als sie ankamen, trafen sie auf eine Gruppe angetrunkener, junger Weißer, die außer Rand und Band geraten waren.

Der Kleidung nach handelte es sich um Sprösslinge wohlhabender Familien.

McDermott stieg aus und ging auf die Gruppe zu, während sein Kollege es vorzog, im Wagen zu bleiben.

Eine junge Frau aus der Clique versuchte vergeblich, die Rüpel zu besänftigen und Schlimmeres zu verhindern. Doch die Männer hatten bereits mehrere Autos demoliert und zeigten sich auch angesichts der Polizeistreife unbeeindruckt.

Im Gegenteil: Der klapprige Dienstwagen, die schlechtsitzende Uniform und das schiefe Gesicht machten den jungen Beamten schnell zur Zielscheibe des Gespötts.

∗

Der Rädelsführer war zwischenzeitlich in ein Cabrio gesprungen, hatte die Hose aufgeknöpft und erleichterte sich unter dem Gejohle der anderen in den Innenraum.

Von seinem Kollegen hatte James McDermott keine Hilfe zu erwarten. Aber er hatte auch nicht die Absicht gehabt, diesen, die Zentrale oder irgendjemanden sonst um Hilfe zu bitten.

Nur wer mit Gewalt groß geworden war, konnte in einer derart aufgeladenen Situation gelassen bleiben. Und an Gewalt hatte es in seiner Jugend nicht gemangelt.

Die Einzige, die das zu begreifen schien, war die junge Frau. Sie bemühte sich weiterhin, den Mann zur Vernunft zu bringen.

»Joshua, um Himmels willen, komm runter! Die Polizei ist da und du wirst einen Heidenärger bekommen«, versuchte sie ihr Bestes.

Doch ›Joshua‹ schien wie im Rausch und reagierte kaum. Offenbar hatte er nicht nur Alkohol konsumiert. Es war heiß, es roch nach Urin und der Schweiß stand allen Beteiligten auf der Stirn.

»Sir, Sie verlassen jetzt diesen Wagen und geben mir Ihre Personalien!«, forderte McDermott den Rädelsführer auf.

Im selben Moment kletterte ein weiterer Mann in den Wagen und machte ebenfalls Anstalten, sich zu entblößen. Es war offensichtlich, dass die Situation binnen kürzester Zeit vollständig außer Kontrolle geraten würde.

Er sah zu der jungen Frau hinüber; in ihren Augen schien sich Mitleid mit ihm, dem auf sich allein gestellten Beamten, zu spiegeln.

Auf diese Situation konnte keine Polizeischule vorbereiten; es ging um Gruppendynamik, Arroganz und die schiere Lust an der Provokation.

McDermott trat noch dichter an den Wagen heran und rief mit lauter Stimme: »Sir, ich verhafte Sie wegen fortgesetzter Sachbeschädigung und fordere Sie erneut auf, das Fahrzeug zu verlassen!«

Gleichzeitig machte er eine Handbewegung in Richtung des Randalierers. Dieser erkannte die Bewegung mühelos, übersah aber den Einladungscharakter der Geste.

Mit Schwung trat Joshua gegen den Arm und verlor dabei das Gleichgewicht. Blitzschnell griff McDermott den Mann im Fallen und schleuderte ihn auf den Asphalt.

Mit einer klaffenden Kopfplatzwunde blieb der Randalierer dort liegen.

McDermott hatte gehofft, dass dieser Verlauf die Übrigen zur Vernunft bringen würde. Doch Drogen, Alkohol und Überheblichkeit führten erneut zur Eskalation.

Weitere Mitglieder der Gruppe machten Anstalten, sich auf den jungen Beamten zu stürzen.

Da er hier auf keinen Ehrenkodex zählen konnte, entschloss sich McDermott zu einem Ende mit Schrecken.

Er ließ den vordersten Angreifer den ersten Schlag ausführen, wich zur Seite aus und wuchtete ihm das Knie in den Unterbauch. Dann zog er ihn an den Haaren nach oben und donnerte dessen Kopf gegen die Seitenscheibe.

Mit einem krachenden Geräusch und einer Blutfontäne barst das Nasenbein des Mannes.

Erst jetzt verstummte das Angriffsgeheul der Gruppe und wich blankem Entsetzen.

Bevor McDermott den Randalierer noch schwerer verletzen konnte, fiel ihm die junge Frau in den Arm.

*

Im Prozess sagte sie gegen ihre Bekannten aus.

Ein Jahr später wurde Catherine Deville seine Frau.

Sie tat es gegen den erbitterten Widerstand ihrer Eltern, die im Autohandel zu Wohlstand gelangt waren. Diese hatten große Hoffnungen in eine standesgemäße Vermählung der schönen, studierten Tochter gesetzt.

Erst Catherines Krebserkrankung sollte die Familien einander wieder näherbringen.

Für seine geliebte Frau hätte James McDermott gern früher Karriere gemacht. Aber in ihrer unendlich geduldigen und liebevollen Art hatte sie ihn nie gedrängt.

Sie schien es vom ersten Tag an geahnt zu haben.

Dass der gemeinsame Weg so früh enden würde.

Eine Ewigkeit zu früh.

Das Hotel

Sekundenbruchteile zuvor war die Fahrertür aufgerissen worden.

Für einen Moment gelang es Ines, die Tür wieder heranziehen. Doch dann wurde erneut von außen nachgefasst, dieses Mal mit unwiderstehlicher Gewalt.

Abrupt ließ Ines Lindberg los.

Die Gestalt stürzte nun zu Boden. Dabei verrutschte der Regenschutz und gab für Sekundenbruchteile den Blick auf das Gesicht des Mannes frei.

Sofort sprang dieser auf und riss die Kapuze wieder in die Stirn.

Ines hörte Bastian schreien und sah gleichzeitig, dass der Wagen vor ihnen den Weg freigemacht hatte. Instinktiv trat sie das Gaspedal durch. Der Corolla machte nun einen Satz nach vorn und riss die Gestalt erneut zu Boden.

Für weitere Überlegungen blieb ihr keine Zeit.

Sie wich einem wild hupenden Sammeltaxi aus, dessen Fahrer sie mit stummen Flüchen zu überschütten schien.

Trotz der Aufregung hatte sie sich korrekt im Linksverkehr eingeordnet. Wenn auch unter Missachtung jeglicher Vorfahrtsregeln.

Das Hupkonzert ließ sie kalt.

Sie hatte jetzt andere Sorgen.

*

Nachdem sie den ersten Teil der gut 25 Kilometer zwischen Flughafen und Stadtring zurückgelegt hatte, versuchte Ines, sich auf das Navigationsgerät zu konzentrieren.

Anschließend blickte sie zu Bastian in den Rückspiegel. Ihre Blicke kreuzten sich.

»Es war der Mann«, sagte Bastian nur.

Ines wusste, was gemeint war, und nickte stumm. Auch sie hatte die Gestalt wiedererkannt.

Es war Petrov, der Freund von Dr. Kramer.

Petrov hatte versucht, in ihren Wagen einzudringen.

*

Ein großes und sicheres Hotel!

Das war ihr vordringliches Ziel nach dem Verlassen des Stadtringes.

In der Innenstadt angekommen, folgte Ines Lindberg der Ausschilderung zur nächsten, vertraut klingenden Hotelkette und gelangte so zum Garden Inn. Dort buchte sie ein Einzelzimmer mit Zustellbett.

Direkt nach dem Bezug des Zimmers machte Ines sich an die Neuplanung des weiteren Aufenthaltes.

Die Abstimmung mit der südafrikanischen Reiseagentur funktionierte reibungslos.

Der Kurzausflug zu den Victoriafällen war allerdings aufgrund der eintägigen Verspätung endgültig verloren. Die Agentur sicherte die Rückerstattung der Anzahlung und die Übernahme der Johannesburger Hotelkosten zu.

Als Trostpflaster versprach das Reisebüro zudem, einen der begehrten Wildnisausflüge im Krugerpark für sie zu buchen.

Als alles so weit geregelt war, fiel die Anspannung von ihr ab. Sie spürte eine bleierne Müdigkeit.

Noch am Tisch schlief Ines Lindberg ein.

Die Mutter

Auf dem Rückweg vom Friedhof machte er Halt.

Im »Food Lovers Market Norwood« erstand James McDermott frischen Fisch, Gemüse und eine Flasche südafrikanischen Chardonnay.

Nach dem Essen räumte er das Geschirr in die Küche, goss ein Glas Wein ein und setzte sich auf den Balkon. Von hier aus glitt sein Blick über die Silhouetten der Innenstadt.

Wieder machten ihm die stromstoßartigen Kopfschmerzen zu schaffen, die nach der Ringschlacht und den folgenden Gesichtsoperationen eingesetzt hatten.

In der Zeit nach dem Kampf hatte ihm seine Mutter Trost gespendet: »Es gibt keinen Grund zum Verzweifeln, James. Wenn sich eine Tür im Leben schließt, öffnet sich immer auch eine andere.«

James McDermott war damals am Tiefpunkt seines jungen Lebens angekommen. Das linke Mittelgesicht war zertrümmert und die einstmals hoffnungsvolle Boxkarriere beendet.

Doch seine Mutter sollte recht behalten.

*

Viggo Tungsten war umschwärmt.

Und Martha O'Reilly, James' Mutter, war nicht die einzige Frau im Werftbüro, die für den großgewachsenen, schwedischen Vorarbeiter romantische Gefühle hegte.

Doch im Gegensatz zu anderen verschenkte Martha ihre Gunst nicht leichtfertig und widerstand allen Eroberungsversuchen.

Bis zu jenem Tag, an dem Viggo mit einem Rosenstrauß im Lohnbüro erschien war und vor aller Augen um ihre Hand angehalten hatte.

Ein knappes Jahr später wurde ihr Sohn James geboren. Damit schien das Glück der Familie Tungsten vollkommen.

Doch die aufziehende Schiffbaukrise machte auch vor Harland & Wolff, der berühmten Belfaster Großwerft, nicht halt. Das Unternehmen versuchte, den Niedergang durch Massenentlassungen aufzuhalten, zu deren Opfern bald darauf Viggo Tungsten zählte.

Der Verlust des Arbeitsplatzes führte zum Verlust der Selbstachtung und trieb James' Vater in die Alkoholsucht.

Erst der frühe Tod ihres Mannes befreite Martha aus dem Martyrium seiner Alkoholexzesse und Gewaltausbrüche.

Mit einer geliehenen Nähmaschine und viel Geschick gelang es ihr, eine bescheidene Existenz als Änderungsschneiderin aufzubauen.

*

Wenige Monate später betrat Brian McDermott, ein südafrikanischer Tuchhändler, ihren kleinen Laden.

Aus der Änderung eines Kleidungsstücks wurde eine Änderung des Lebensweges: Brian und Martha heirateten und beschlossen den Umzug nach Johannesburg.

Beide versuchten James, der den Familiennamen seines Stiefvaters bereitwillig angenommen hatte, zum Mitkommen zu bewegen.

Doch zwischenzeitlich war das eingetreten, was Martha ihrem Sohn vorausgesagt hatte: Eine neue Tür hatte sich geöffnet.

Das halbseitig entstellte Gesicht und eine Legendenbildung um die Ringschlacht hatten James McDermott berühmt werden lassen. Zumindest in bestimmten Kreisen.

Immer häufiger wurde er nun als furchteinflößender Personenschützer für Geschäftstreffen jeglicher Art angefordert.

Schnelle Autos, schöne Frauen, und teure Restaurants prägten sein Leben in dieser Zeit.

James ging es in der Belfaster Halbwelt bestens.

Und sein Ansehen wuchs mit jedem Auftrag.

Bis zu jenem Anruf.

Das Zentrum

Beim Frühstück kam sie mit Bernhard ins Gespräch.

Der deutsche Austauschstudent kannte Johannesburg gut und erklärte sich bereit, Ines und Bastian auf einen Stadtbummel mitzunehmen.

Als sie im Foyer auf den Studenten wartete, traten zwei Männer in abgewetzten Anzügen auf sie zu.

»Guten Tag, Ma'am, das ist Officer McNamara, mein Name ist Bride. Wir sind Beamte des örtlichen Reviers. Ich vermute Sie und der kleine Mann möchten in die Stadt gehen?«, fragte einer der beiden Männer und deutete auf Bastian.

»Ja, da haben Sie völlig recht«, antwortete Ines.

»Wir möchten Sie bitten, unsere Begleitung zu akzeptieren«, fügte der andere Beamte hinzu und ergänzte, als er ihren skeptischen Blick bemerkte: »Es ist ein unentgeltlicher Service der lokalen Polizeibehörden und ihres Hotels, zu Ihrer eigenen Sicherheit.«

Einerseits war Ines erleichtert, andererseits missfiel ihr der patronisierende Ton der Beamten.

Die beiden Polizisten nutzten die kurze Gesprächspause, um ihre Dienstausweise zu präsentieren.

»Vielen Dank, Officer«, sagte Ines und wandte den Kopf zum nebenstehenden Portier. Sie hatte die vage

Hoffnung, dass dieser ihr beim Abschütteln der Beamten behilflich sein würde.

»Es ist wirklich nur zu Ihrer eigenen Sicherheit«, echote der Portier und schaute Beifall heischend zum Beamten herüber.

»Wirklich vielen Dank, Officer«, begann Ines erneut, um sich dann beim hinzutretenden Studenten unterzuhaken, »aber wir gehen ja nicht allein!«

Bernhard hatte nicht mitbekommen, worum es ging. Verunsichert blickte er von einem zum nächsten.

Die Beamten musterten nun den Studenten, dessen staksige Beine aus überlangen Bermudashorts ragten, während der Bauchgurt am mageren Rumpf baumelte.

Es war offensichtlich, dass die Beamten eher die Kampfkraft als das intellektuelle Potenzial des jungen Mannes taxierten.

»Joburg ist eine wunderbare Stadt und wir alle lieben sie. Aber Sicherheit ist leider ein schwieriges Thema in dieser Zeit«, sagte Officer Bride. »Und wir möchten natürlich, dass die Besucher unsere Stadt in guter Erinnerung behalten. Wie gesagt, Ma'am, es ist nur zu Ihrer eigenen Sicherheit.«

Ines Lindberg wies nun das Angebot der Beamten mit Bestimmtheit ab.

Dann trat sie mit Sohn und Student am Arm ins Freie.

Ein kleiner Denkzettel kann den beiden nicht schaden, befand Ines für sich.

Wenig später sollte sie die Entscheidung bereuen.

Die Tour

Bernhard hatte zur Bustour geraten.

Diese führte das Trio unter anderem zum »Roof of Africa«, der Aussichtsplattform im 50. Stock des Carlton Center und zum »Constitution Hill«, dem Sitz des südafrikanischen Verfassungsgerichtes.

Im unmittelbar benachbarten früheren Gefängnis »Old Fort« waren die Haftzellen berühmter Insassen zu besichtigen, darunter die von Mahatma Gandhi und Nelson Mandela.

Anschließend bummelte das Trio durch eine Mall mit Cafés und Boutiquen.

Ines lud ihre Begleiter zum Eis ein und gemeinsam traten sie danach den Rückweg ins Hotel an.

Mit der Entscheidung zur Rückkehr schien auch die Unbeschwertheit des Tages verloren zu gehen.

Bastian war schlagartig wieder still geworden. So wie andere Kinder schrien, weinten oder wegliefen, wenn sie etwas ängstigte, schien er nur über ein Verhaltensmuster zu verfügen: Er wirkte noch verschlossener als ohnehin schon.

Ines erkannte an den Augen ihres Sohnes, dass tatsächlich etwas vorgefallen sein musste.

Sie beugte sich zu ihm herunter und sah ihn eindringlich an. »Bastian, was ist los? Geht es dir nicht gut?«

»Der Mann«, begann ihr Sohn stockend und sah an ihr vorbei.

Sie schaute nun in dieselbe Richtung; aber außer zahlreichen Passanten vermochte sie nichts Besonderes zu erkennen. »Welcher Mann? Welchen Mann meinst du?«, fragte Ines nach.

Jetzt beschlich sie eine dunkle Ahnung: »Etwa der Mann aus dem Flugzeug? Der, der neben uns saß und gestern an der Autotür gerüttelt hat?«

Bastian nickte.

Trotz hochsommerlicher Temperaturen lief ihr ein kalter Schauer über den Rücken. Dass Petrov ihren Weg in der Millionenstadt Johannesburg zufällig kreuzen sollte, erschien ausgeschlossen. Dieses Kapitel war spätestens am Flughafen beendet worden.

Mittlerweile hatte sich der Student mit einer gemurmelten Entschuldigung auf die andere Straßenseite verabschiedet, um eine Besorgung zu machen.

Ines richtete sich wieder auf und strich nachdenklich die Haare aus der Stirn.

Bevor sie Bastians Äußerung weiter nachgehen konnte, sah sie den Studenten straucheln.

Er war auf der gegenüberliegenden Straßenseite von einer Gruppe Jugendlicher umringt worden. Wenige Sekunden später lag er am Boden und wurde ausgeraubt. Ebenso schnell wie der Überfall stattgefunden hatte, verschwanden die Täter danach in der Menschenmenge.

Mit unsicheren Bewegungen stand der Student wieder auf. Offenbar hatte er keine ernsthafte Verletzung davongetragen.

Bastian drängte sich dicht an seine Mutter und Ines hatte Mühe, ihr Entsetzen zu verbergen.

Alle denkbaren Regungen hatte sie während des Überfalls auf den Gesichtern der Menge wahrgenommen; nur den Mut, oder die Dummheit, eingreifen zu wollen, hatte keiner gezeigt.

Ines entschloss sich, dem Studenten entgegenzugehen, und trat mit Bastian aus dem Kioskschatten heraus.

Im selben Moment erkannte sie Petrov auf der anderen Straßenseite. Ihre Blicke kreuzten sich. Sein Ausdruck war kalt und abschätzig. Es war das Antlitz eines Jägers.

Jetzt sprang er auf die Straße und lief mit weit ausholenden Schritten direkt auf sie zu.

Der Instinkt

Einsatzort war das Garden Inn, eines der internationalen Hotels im Zentrum.

Der Mentorendienst sah vor, dass er einen jungen Polizeianwärter im Begleitschutz für Touristen unterstützen sollte.

James McDermott beschloss, das Nützliche mit dem Angenehmen verbinden und den Anwärter in das Hotelbistro einzuladen. Das würde helfen, das Eis zu brechen.

Er scrollte auf seinem Blackberry, bis er den Namen des Anwärters wiedergefunden hatte.

Jesiah Mallinckrodt …

Er las den Namen halblaut vor, um ihn sich besser einzuprägen zu können.

∗

Mallinckrodt hatte abgelehnt.

Er habe keinen Hunger, leide unter zahlreichen Allergien und würde sein Sandwich immer von zu Hause mitbringen.

Überrascht nahm McDermott die Absage zur Kenntnis. Tatsächlich war es noch nicht vorgekommen, dass ein Anwärter dem Commissioner einen Korb gegeben hatte.

Aber irgendwie passte es zum schrulligen Gesamtbild des jungen Mannes, dessen Erscheinung durch den deutlich zu großen Anzug etwas unfreiwillig Clowneskes an sich hatte.

McDermott beließ es dabei, wandte sich an die Kollegen der Frühschicht und ließ sich einen kurzen Bericht über die morgendlichen Vorkommnisse geben.

Anschließend wechselte er in das Bistro und wählte einen Platz mit Sicht auf das Foyer. Dann nahm er die Karte zur Hand und bestellte eine kleine Portion Meeresfrüchte.

Während der Wartezeit beobachtete er den Anwärter.

Dieser war intensiv mit seinem Smartphone beschäftigt und würdigte die Umgebung keines Blickes. Das Auftreten des jungen Mannes missfiel McDermott zusehends. Für ein abschließendes Urteil war es noch zu früh, aber sein Bauchgefühl hatte ihn selten getäuscht.

Und auch dieses Mal sollte es recht behalten.

Der Bus

Das ohrenbetäubende Hupkonzert galt Petrov.

Dieser hatte den nahenden Bus übersehen und wurde lautstark auf den Bürgersteig zurückgedrängt.

Ines Lindberg nutzte die Gelegenheit, um mit ihrem Sohn ins Hotel zurückzulaufen. Die Lage des Garden Inn hatte sie sich vor dem Stadtbummel sorgfältig eingeprägt.

Dort angekommen eilten sie über das Treppenhaus in den zweiten Stock und verriegelten die Zimmertür.

Hastig stopfte Ines Kleidungsstücke in die bereitstehenden Koffer. Mit Bastians Hilfe brachte sie das Gepäck in die Tiefgarage und verstaute es im Mietwagen. Dann fuhr sie diesen bis kurz vor die Ausfahrt, das strikte Halteverbot in Schrankennähe ignorierend.

Anschließend gingen sie mit schnellen Schritten zurück in das Foyer. Dort setzte sie Bastian an einen randständigen Tisch und schärfte ihm ein, seinen Platz unter keinen Umständen zu verlassen.

In aller Eile quittierte sie die Zimmerrechnung. Erneut stieg sie nun in den ersten Stock und trat an die Glasfassade, die einen nahezu freien Blick auf den Eingangsbereich erlaubte.

Dieser wurde von einer japanischen Reisegruppe belagert, die in Minibussen von einem Soweto-Ausflug zurückgekehrt waren. Beim Aussteigen spannten die Asiatinnen ihre Sonnenschirme auf, als seien sie in der Wüste abgesetzt worden, und nicht direkt vor einem Innenstadthotel.

Als die Reisegruppe in der Lobby verschwunden war, konnte Ines den Eingangsbereich wieder überblicken.

Alles schien ruhig.

Sie wollte gerade zu ihrem Sohn zurückzukehren, als die Tür des gegenüberliegenden Coffeeshops aufgestoßen wurde.

Ein Gast trat mit seinem Becher auf die Schwelle.

Er schien den Hoteleingang zu mustern und kehrte anschließend ins Café zurück.

Es war Daniel Petrov.

Die Rösterei

Der Anwärter spielte weiter mit dem Handy.

McDermott war bei seiner Rückkehr in die Lobby kurzzeitig versucht, den jungen Mann einmal richtig wachzurütteln.

Aber diese Energieleistung wäre wohl vergeblich gewesen, denn Mallinckrodt schien schlicht ungeeignet für eine Polizeilaufbahn. Unentwegt war dieser mit seinem Smartphone beschäftigt und würdigte seine Umgebung dabei kaum eines Blickes.

Im Gegenteil reagierte er auf Ansprache oder Nachfrage eher unwillig. So, als würde dieses bereits eine unbotmäßige Störung darstellen.

Der Officer nahm enttäuscht zur Kenntnis, dass das Mentorenprogramm seine Grenzen hatte. Und die wichtigste Grenzziehung erfolgte nicht durch das Police Department, sondern durch den Bewerber für den Polizeidienst selbst. Bei Mallinckrodt waren die Grenzen spätestens jetzt deutlich geworden.

McDermott beschloss, den Anwärter seinem Handy zu überlassen und nachmittags in das Hotelbistro zurückzukehren. Dort würde er den Dienst mit einer goldbraunen Tarte de Pommes und einer Kaffeespezialität ausklingen lassen.

Das Bistro warb mit der Marke »Caturra Coffee«, einer bekannten südafrikanischen Rösterei. McDermott schätzte die handwerkliche Verarbeitung des sortenreinen Kaffees, der sein besonderes Aroma einem mehrtägigen Röstprozess verdankte.

Diese Aussicht tröstete den Officer.

Entspannt lehnte er sich an eine Lobbysäule.

Der Plan

Unwichtig! Irrelevant! Egal!

Ob Petrov ihnen bei der Rückkehr ins Hotel gefolgt war oder auf andere Art ihren Aufenthaltsort herausgefunden hatte, war für Ines Lindberg ohne Bedeutung.

Der zufälligen Reisebegleiter hatte sich als unerbittlichen Verfolger entpuppt, das war nun unübersehbar.

Ebenso wie die Tatsache, dass bloßes Davonlaufen nicht reichte, um den Mann abzuschütteln.

Sie trat in den Flurschatten zurück und versuchte, sich zu konzentrieren.

Erst überkam sie Angst. Dann aber stieg kalte Wut in ihr hoch.

Wie konnte es der Mann wagen, Bastians Reise auf einen fernen Kontinent mit seinen Nachstellungen zu überschatten?

Ines war jetzt fest entschlossen, dem Treiben ein für alle Mal ein Ende zu bereiten.

Sie holte tief Luft und straffte ihre Haltung.

Dann stieg sie die Treppen zum Foyer hinunter.

Sie hatte einen Plan.

Und sie würde diesen umsetzen.

Um jeden Preis.

*

Die beiden Beamten standen ungefähr dort, wo die Polizisten sie am Morgen angesprochen hatten. Offenbar handelte es sich um die Beamten der Spätschicht.

Als Ines die Männer genauer betrachtete, erschrak sie unwillkürlich: Größer hätte der Kontrast zwischen zwei Beamten kaum sein können.

Der jüngere Mann wirkte wie ein unbeholfener Schüler im Anzug seines großen Bruders.

Der großgewachsene, ältere Polizist hingegen schien einem Katalog für Männermode entsprungen zu sein: Athletische Gestalt, modischer Haarschnitt, eleganter Zweireiher und Budapester Lederschuhe verrieten ihn als ranghohen Beamten.

Nur das Gesicht des Mannes stand in groteskem Widerspruch zum sonstigen Erscheinungsbild. Linkes Mittelgesicht und Jochbogen waren von Narben übersät und in deutlicher Fehlstellung verheilt.

Das markante, einseitig entstellte Gesicht des Mannes wirkte schon von Weitem einschüchternd.

Wenn es überhaupt eine Chance für ihr Vorhaben gab, dann nur mit dem jungen Beamten.

Wenige Sekunden später hatte sie die beiden erreicht.

Sie wandte sich direkt an den Jüngeren.

»Entschuldigung, Officer. Sie sind doch *Officer* ...?!«

TEIL 4: DIE FLUCHT

Limpopo (Südafrika), im September 2018

Das Manöver

Ihr Plan hatte funktioniert.

Petrov war in den Fokus der Polizei geraten und damit vorläufig außer Gefecht.

Erleichtert beobachtete Ines Lindberg die Eskalation vor dem Hoteleingang. Doch die Bedrohlichkeit der Situation holte sie rasch wieder ein.

Sie hatten jetzt einen hart erarbeiteten Vorsprung, den sie auf keinen Fall verspielen durften.

Eilig lief sie mit Bastian in die Hotelgarage zurück.

Bereits von Weitem war eine Menschentraube um den Corolla herum erkennbar. Unmittelbar dahinter stand ein hupender Lieferwagen, der ihren Wagen nicht passieren konnte.

Mit Mühe gelang es ihnen, sich an den lamentierenden Angestellten vorbei in das Auto zu drängeln. Anschließend aktivierte Ines die Zentralverriegelung und startete den Wagen. Gleichzeitig fuhr das Personal die Ausfahrtschranke hoch.

Doch das Manövrieren zwischen Lieferwagen und Menschentraube kostete Zeit. Erst nach mehreren Korrekturzügen hatte Ines den Wagen erfolgreich in die Ausfahrtspur eingefädelt. Die Schranke begann sich nun wieder zu senken und zwang Ines, den Wagen zu beschleunigen.

Im selben Augenblick querte eine junge Mutter mit Kinderwagen die Ausfahrt.

Sie trug grellbunte Kopfhörer, wiegte sich im Takt einer unhörbaren Musik und schien der Umwelt vollständig entrückt.

Die Reflexe

Allmählich ließ der Schlaghagel nach.

Zufrieden stellte McDermott fest, dass seine Reflexe immer noch funktionierten. Er hatte zahllose wuchtige und schmutzige Schläge einstecken müssen. Aber Wirkungstreffern war er erfolgreich ausgewichen.

Der Angreifer war ein routinierter Straßenschläger, daran gab es keine Zweifel. Aber eine boxsportliche Ausbildung hatte dieser offenbar nicht genossen.

Als der Fremde erneut versuchte, den entscheidenden Schlag zu landen, packte McDermott dessen Arm mit einer behänden Bewegung und riss ihn an sich heran.

Unmittelbar mit dem entstellten Gesicht des Officers konfrontiert, schien für einen Moment Entsetzen in den Augen des Mannes aufzuflackern. Diese Gelegenheit nutzte McDermott, um dem Angreifer einen Kopfstoß zu versetzen.

Unwillkürlich riss der Mann die Arme hoch und gab damit die Deckung frei.

Nun ging alles sehr schnell.

Mit wenigen Körpertreffern brachte der Officer den Fremden auf den Boden, drehte ihm die Arme auf den Rücken und legte Handschellen an.

Als er sich wieder aufrichtete, waren Straßenlärm und Gaffergetöse fast vollständig verstummt.

James McDermott musterte die Menge, die ihn wie gebannt anstarrte.

Nackte Gewalt, ob erteilt oder erlitten, schien auf die Menschen im 21. Jahrhundert dieselbe Faszination auszuüben wie in grauen Vorzeiten.

Adrenalin durchflutete seinen Körper.

Er schloss für einen Moment die Augen und atmete tief durch. Dann nahm er ein Taschentuch und tupfte die Risswunde am Auge trocken.

Das Abendspiel war ihm gleichgültig geworden.

Er beschloss, stattdessen nach Hause zu fahren.

Dann würde er eine Whiskyflasche köpfen.

Und anschließend den Erinnerungen die Tür öffnen.

Der Kinderwagen

Mit quietschenden Reifen kam das Auto zum Stehen. Wenige Zentimeter vor der Kinderkarre.

Als der erste Schrecken vorbei war, rannte die Mutter los, wie von einer Tarantel gestochen. Laufend und fluchend bugsierte sie ihre Karre über die Hotelausfahrt.

Ines blickte zu Bastian, der angeschnallt und unverletzt war. Dann ließ sie Hände und Kopf auf das Lenkrad sinken.

Im selben Moment zerbarst die Parkschranke mit lautem Krachen auf dem Kofferraum.

Ines und Bastian schrien auf.

Die Angestellten klopften gegen die Scheibe und begannen, heftig an den Fahrzeugtüren zu rütteln.

Ines ignorierte die Aufforderung auszusteigen und lenkte den Wagen in den nachmittäglichen Verkehr.

Im Rückspiegel sah sie das gestikulierende Personal.

Und eine baumelnde Schranke.

*

Ihr Puls hatte sich wieder beruhigt.

Jetzt ging es darum, den Schaden zu inspizieren.

Ines hielt kurz an und beäugte das Fahrzeugheck.

Die Beule war unübersehbar, sollte aber die Funktionstüchtigkeit des Kofferraums nicht beeinträchtigen.

Die Kanufahrt auf dem Sambesi und den »Donnernden Rauch«, wie die Victoriafälle in Bastians Büchern hießen, hatte ihr Sohn bereits verpasst.

Unter keinen Umständen würde sie ihm weitere derartige Enttäuschungen zumuten.

Entschlossen steuerte Ines den Corolla auf die N12.

Das Hauptziel ihrer Reise war der Krugerpark.

Und nichts und niemand konnte sie dabei aufhalten.

Die Übergabe

»Chief, alles okay? Wer ist der Festgenommene?!«

Zahlreiche Fragen prasselten auf McDermott ein.

Doch dieser hatte keine Geduld für langatmige Erklärungen. Er übergab den Angreifer an die Beamten.

»Leute, hört auf, durcheinanderzureden und dumme Fragen zu stellen! Erstens: Krankenwagen abbestellen, mir geht's gut. Zweitens: Zerstreut die Gaffer. Drittens: Nehmt den Mann mit aufs Präsidium. Lasst ihn nicht aus den Augen, bis der Erkennungsdienst gelaufen ist. Erst *danach* Polizeiarzt. Und Anwälte frühestens morgen.«

»Chief, Sir, der Untersuchungsrichter wird die Anklagepunkte wissen wollen«, merkte einer der Beamten vorsichtig an.

»Sexuelle Nötigung, Widerstand gegen die Staatsgewalt und gefährliche Körperverletzung, das sollte fürs Erste reichen«, gab McDermott zurück.

Im Weggehen wandte er sich noch einmal an die Beamten und wies dabei auf den Anwärter:

»Ach ja: Und nehmt diesen Helden gleich mit aufs Präsidium. Unterwegs könnt ihr ihm dann mal erklären, wie Polizeiarbeit in der Praxis aussieht.«

Der Whisky

Der Hausmeister strahlte wie ein Schuljunge.

Ihm hatte McDermott die Eintrittskarte geschenkt.

Immerhin ging es um das Spitzenspiel der diesjährigen Premier League – Saison, noch dazu gegen die »Golden Arrows«, den Erzkonkurrenten aus Durban.

Doch das kümmerte James McDermott jetzt wenig.

Er machte es sich mit einer Flasche Bushmills 21 Single Malt neben dem Bild seiner geliebten Catherine bequem.

Mit dem Malzgeschmack und einer süßlichen Vanillenote hatte der 21 Jahre lang gereifte Brand McDermotts Vorstellung von gutem irischem Whisky geprägt.

Das besondere Aroma verdankte dieser mehrfachen Destillationen und der langjährigen Reifung in alten Bourbon- und Sherryfässern. Selbst Catherine, die sich zeitlebens wenig aus Alkohol machte, hatte zuletzt Gefallen an dem besonderen Aroma gefunden.

Sonst aber war es seine elegante und gebildete Frau gewesen, die ihn in die schönen Dinge des Lebens eingeführt hatte.

Sie hatte ihm beigebracht, sich modisch zu kleiden und in guten Restaurants stilvoll essen zu gehen.

*

McDermott spürte das Verlangen, sich zu betrinken und tief in den Strudel der Erinnerungen einzutauchen. Ein Weg, den er gerade er in den ersten Jahren nach Catherines Tod unzählige Male beschritten hatte.

Doch zum ersten Mal seit langer Zeit nahm er einen Widerstand gegen die Besinnungslosigkeit und Leere wahr, die mit dieser Art des Trinkens einherging.

Mit einem Ruck stand er auf, trug Flasche und Glas in die Küche und entleerte beides in den Ausguss.

Dann zog er den Mantel von der Garderobe und verließ das Haus.

Die Predigt

»Jalapeno-Burger und Bier, wohl bekomm's!«

Schwungvoll stellte Adelaide Glas und Teller auf den Tresen.

»Wir haben schon überlegt, ihn in ›James-Burger‹ umzutaufen. Seit du ihn hier jedes Mal bestellst, fragen immer mehr Gäste danach. Das Ale geht übrigens aufs Haus.«

»Vielen Dank, Adie!«, rief McDermott der Wirtin hinterher: »Womit habe ich das verdient?«

Adelaide, früher selber einmal Streifenpolizistin und mittlerweile als Inhaberin des »McGinty's« eine Johannesburger Institution, kehrte zurück.

Sie senkte ihre raue Stimme zu einem vertraulichen Ton, so gut es ging: »James, komm mal wieder auf andere Gedanken. Das sagt dir eine alte Kollegin und Kneipenwirtin, die hier jeden Abend Schicksale kommen und gehen sieht.«

Und als könnte sie seine Gedanken lesen, fuhr sie fort:

»Ich weiß, dass du das gar nicht gern hörst. Aber vielleicht gibt es auch niemanden, der es dem Herrn *Commissioner* mal deutlich genug sagt: Wir alle vermissen Catherine! Sie war der liebenswerteste Mensch, dem ich je begegnet bin. Und noch dazu eine wunderschöne Frau. Aber die Welt dreht sich irgendwann weiter!«

Adelaide schien noch nicht am Ende ihrer Ausführungen zu sein.

»Sieh dich um, das Leben hält viel mehr für dich bereit als Arbeit, Whisky und Einsamkeit. Und *Schlägereien!*«, fügte sie mit einer Kopfbewegung in Richtung seines lädierten Auges hinzu. Die Platzwunde an der Augenbraue hatte McDermott mit Pflasterstreifen selbst versorgt.

Wenn Adelaide erst einmal in Fahrt war, tat man gut daran, sie nicht zu unterbrechen. Das war schon in ihren ersten gemeinsamen Dienstjahren so gewesen.

»Und erzähl mir bloß nicht, es gäbe keine Gelegenheiten, oder keine Interessentinnen …«, fuhr sie fort.

»Adelaide, es ist gut!«, rutschte es ihm nun doch heraus.

»Nein, es ist eben *nicht* gut! Ich kann schon nicht mehr zählen, wie häufig ich hier von einsamen Damen gefragt worden bin, ob der große, elegante Mann am

Tresen tatsächlich der berühmte Officer McDermott sei. Und ob ich euch nicht mal bekannt machen könne.«

Jetzt war Adelaide endgültig auf Hochtouren und er fügte sich in sein Schicksal.

»Aber der Herr hat ja lieber Schmerz und Einsamkeit kultiviert! Apropos: Ist das nicht Jocelyn, deine Sekretärin, da drüben?«

Er folgte ihrem Blick.

»Verdammt hübsche Frau. Und so viel Stil!«, waren die letzten Worte, die Adelaide an diesem Abend für ihren ehemaligen Kollegen übrighatte.

Jocelyn winkte ihm nun vom anderen Ende des Tresens aus einer Männertraube heraus zu.

McDermott grüßte zurück.

Als er sich wieder zur Bar wandte, war Adelaide bereits mit anderen Gästen beschäftigt.

Er nahm einen Schluck aus dem Aleglas.

Kurz darauf hörte er Jocelyns Stimme direkt neben sich.

»Hallo Chef, schön, Sie mal wieder hier zu treffen!«, sagte diese. Dabei legte sie ihm ihre gepflegte Hand wie selbstverständlich auf die Schulter.

Mit einem erschreckten Blick nahm sie sein geschwollenes Auge wahr, ohne aber nachzufragen.

»Hallo Jocelyn«, erwiderte er und musterte seine Sekretärin und deren Begleiter.

Es war eine gemischte Gruppe, überwiegend männlich, die offenbar gut gelaunt und gut gekleidet einen Zug durch die Innenstadt unternahm.

Einer der Männer musterte ihn eindringlich, als taxiere er einen potenziellen Konkurrenten.

»Kommen Sie doch mit, Chef, wir ziehen noch weiter heute Abend«, lockte seine Sekretärin mit ihrem berühmten Lächeln. »Wir würden uns freuen!«

McDermott ließ seinen Blick über die Gesichter der Männer streifen. Nein, von diesen hatte sicher keiner das Bedürfnis nach seiner Begleitung.

»Vielen Dank Jocelyn, aber heute ist nicht mein bester Tag«, erwiderte er und deutete auf das lädierte Auge. »Beim nächsten Mal bin ich dabei, versprochen!«

Seine Sekretärin wurde von ihren Begleitern weitergezogen, drehte sich aber im Ausgang noch einmal um und winkte.

*

Kurz darauf zahlte auch McDermott.

Er beschloss, seinen Wagen stehenzulassen. Der halbstündige Fußweg nach Hause würde ihm dabei helfen, einen klaren Kopf zu bekommen.

Beim Verlassen der Kneipe nahm er erstaunt wahr, dass die Gruppe um seine Sekretärin in Auflösung begriffen war.

Unbegleitet stieg Jocelyn in ein Taxi.

Die Zielgerade

Die Landstraße wirkte verlassen.

Eine Schotterdecke hatte den Asphalt abgelöst.

Auch Straßenlampen schien es nicht mehr zu geben.

Damit hatte Ines Lindberg nicht gerechnet. Sie wollte halten und die Route prüfen, als der Straßenbelag zurückwechselte auf Asphalt. Durch den spärlichen

Baumbestand konnte sie nun die Lichter einer Siedlung erkennen.

Sie beschloss, dort abzubiegen.

Es war kurz nach 21 Uhr.

Bastian schlief bereits tief und fest.

*

Die mutmaßliche Siedlung entpuppte sich als kleines Gewerbezentrum mit Motel, Kettenrestaurant und Tankstelle.

Erleichtert blickte Ines auf die Ansammlung von Nutzgebäuden und steuerte den Corolla vor das Motel.

Sie buchte eine Übernachtung und bugsierte erst den schlaftrunkenen Sohn und dann das Gepäck ins Zimmer.

Als sie ihre Sachen notdürftig verstaut hatte, war Bastian schon wieder eingeschlafen. Vorsichtig deckte Ines ihren Sohn zu.

Kurz darauf kamen Sandwiches und Getränke, die sie während der Anmeldung bestellt hatte. Ines quittierte den Beleg und stellte das kleine Tablett zur Seite.

Gedankenverloren nahm sie einen Bissen. Sie versuchte, sich in ihren Verfolger hineinzuversetzen.

Wieso verfolgte Petrov eine Mutter mit Kind?

Ines zweifelte an einem rationalen Grund.

Petrovs Auftreten und Handeln schien jeder Logik zu entbehren. Im Grunde konnte es sich nur um eine schwere Persönlichkeitsstörung handeln. Oder eine Art ›Stalker‹.

Dann musste sie wieder an den kalten, taxierenden Blick des Mannes während der Verfolgungsjagd im Johannesburger Zentrum denken.

Seinen Namen hatte Ines mehrfach gegoogelt. Aber es war ein bulgarischer Allerweltsname, den unzählige Männer trugen, vom Boxer bis zum Professor.

Genauso gut konnte es ein Pseudonym sein.

Allerdings hatte Dr. Kramer ihn mit diesem Namen angekündigt. Und vermutlich war Petrov auch unter dem Namen in Südafrika eingereist.

Es blieb ein Puzzle, dessen Teile sich nicht zusammenfügen wollten.

Ines beschloss, das Grübeln aufzuschieben.

Zumindest bis ihre Sicherheit außer Frage stand.

Die Bitte

Joburg und Belfast könnten Geschwister sein …

Die Straßen Joburgs erinnerten McDermott einmal mehr an seine Heimatstadt.

Und daran, was ihn überhaupt auf den afrikanischen Kontinent verschlagen hatte.

Ein Anruf seines Freundes Logan hatte gereicht.

Dieser Anruf hatte alles verändert.

*

Logan war für James eine Art großer Bruder.

Und häufig genug auch sein Schutzengel in den Straßen Belfasts während der Kindheit.

Als sein Freund heiratete, war James Trauzeuge.

Zwei Monate nach der Hochzeit rief Logan spätabends an: Er benötige Hilfe bei einem lukrativen Auftrag, den er allein nicht stemmen könne.

Offenbar waren ihm Hochzeit und Umzug finanziell über den Kopf gewachsen.

James McDermott hatte seinem Freund schon mehrfach geholfen. Dabei war es um legale Aufträge im Personenschutz gegangen. Auch wenn sich Belfaster Halbweltgrößen unter den Klienten ebenso befunden hatten wie angesehene Geschäftsleute.

Der neue Auftrag hingegen schien suspekt.

Einerseits handelte es sich um eine unverhohlene Schutzgelderpressung. Andererseits sollte sich das Ganze in einem Nobelrestaurant am Belfaster Stadtrand abspielen. Hier waren sie Fremde und konnten aufgrund mangelnder Ortskenntnis bei Problemen rasch in Bedrängnis geraten.

James entschied sich gegen das Mitmachen und bot seinem Freund stattdessen Geld an. Wütend lehnte Logan Courtney das Angebot als Almosen ab.

Angesichts der unzähligen Male, die sein Freund für ihn in die Bresche gesprungen war, gab James seinen Widerstand nun auf.

Er rief Logan an und sagte zu.

*

Nur ein Tisch war besetzt.

Es handelte sich um ein Pärchen mittleren Alters, das in Nähe des Eingangs saß.

Als der Wirt Logan und James erblickte, schien er deren Auftrag zu kennen. Unbeholfen versuchte der Mann, in den Küchentrakt zu entkommen.

Bei der Verfolgung fiel James' Blick kurz auf den weiblichen Gast; trotz der bedrohlichen Hektik in ihrer Nähe schien die circa vierzigjährige, elegant gekleidet Frau erstaunlich gelassen.

Erst später hatte er verstanden, dass ihr Schicksal in diesem Augenblick besiegelt worden war.

Weder Wirt noch Köche leisteten ernsthafte Gegenwehr; alle drei lagen binnen kurzer Zeit am Boden. Logan warf ihnen den Drohbrief vor die Füße, wie vom Auftraggeber verlangt.

Danach strebten die beiden Freunde schnellen Schrittes zum Ausgang.

Der Gastraum war mittlerweile leer – offenbar hatte das Pärchen doch noch erschreckt das Lokal verlassen. Den komplikationslosen Verlauf nahmen die beiden Freunde erleichtert zur Kenntnis.

Erst als Logan die Eingangstür aufriss, wurde ihr verhängnisvoller Irrtum offensichtlich: Das Pärchen hatte sich unmittelbar neben dem Eingang postiert und erwartete sie bereits mit vorgehaltener Waffe.

Aus kurzer Distanz gab die Frau mehrere Schüsse auf Logan ab.

Noch während dieser seiner Mörderin in die Arme stürzte, trat der Komplize auf James McDermott zu.

Auch er hielt eine Waffe in der Hand.

Die Lichter

Draußen war es nachtdunkel.

Irritiert blickte Ines zum Fenster.

Im selben Moment war ein Motorrad zu hören, das laut knatternd davonbrauste. Offenbar hatte der Lärm sie geweckt.

Bastian schlummerte derweil unbeeindruckt weiter. Ines versuchte, wieder einzuschlafen, doch auch die ruhigen Atemzüge des Sohnes halfen ihr dabei nicht.

Voller Zuneigung betrachtete sie ihren Sohn.

Eine flackernde Leuchtreklame warf unruhige Lichtreflexe auf Bastians Gesicht. Das Neonlicht und der schlafversunkene, ernste Ausdruck gaben ihm erneut etwas Erwachsenes.

Nie hat er seinem Vater mehr geähnelt!

Unwillkürlich musste sie an Thomas denken.

In diesem Augenblick, in einem unwirtlichen Motelzimmer in Südafrika, fand sie wieder Kraft, die Erinnerung an ihren Mann zuzulassen.

Nach der Beerdigung hatte sie alle Gedanken an ihn verdrängt. Zu groß war die Enttäuschung über den Verrat an ihren gemeinsamen Lebensplänen.

Ihrem Sohn hatte sie erzählt, dass sein Vater bei einem Unfall ums Leben gekommen sei.

Eines Tages wäre er alt genug.

Dann würde sie ihm alles erklären.

Das Telefonat

»Du Penner, bist du lebensmüde?!«

Wütend gestikulierte der Taxifahrer herüber.

Gedankenverloren war McDermott auf die Fahrbahn getreten und hatte das Taxi zu einem riskanten Ausweichmanöver gezwungen.

Entschuldigend hob der Officer die Hand und setzte seinen Weg auf dem Bürgersteig fort. Schon wenige Augenblicke später hatten ihn die Erinnerungen wieder eingeholt.

An jenen schicksalhaften Moment.

*

Der Komplize zielte auf James' Stirn und drückte ab. Doch der Schuss löste sich nicht.

Eine Ladehemmung hatte ihm das Leben gerettet.

Im selben Augenblick nahm er Schritte hinter sich wahr. Das konnte nur der angebliche Wirt sein.

Ansatzlos packte er die Person in seinem Rücken und wuchtete diese als menschlichen Schutzschild in Richtung des Killers.

Direkt vor ihm brach der Wirt im Kugelhagel über Logans Körper zusammen.

Im Durcheinander gelang James schließlich die Flucht.

*

Nach zwanzig Minuten stoppte er den Mietwagen.

Logan konnte die Schüsse unmöglich überlebt haben. Dennoch wählte er die ›999‹. Mit verstellter Stimme meldete er eine Schießerei mit Schwerverletzten.

Sorgen bereitete ihm das Gespräch mit Lisa Courtney, Logans Frau. Er war es seinem Freund schuldig, dass sie es von ihm erfuhr, nicht von einer uniformierten Streife.

Eilig fuhr er zu ihrer Adresse und läutete an der Tür.

Als Lisa öffnete, sah er in ihren Augen, dass es keiner großen Erklärungen mehr bedurfte. Gefasst bat sie James herein.

Anstatt mit einem Weinkrampf zusammenzubrechen, reagierte Logans Frau so, als habe sie den unheilvollen Ausgang des Vorhabens vorausgesehen. Offenbar hatte sie ihren Mann mehrfach eindringlich gebeten, ja geradezu bekniet, den dubiosen Auftrag abzulehnen.

Doch Geldnot und verletzter Stolz hatten gesiegt.

Der Kran

Das alte Werftgelände war seine Zufluchtsstätte.

Hier verbrachte James die Zeit bis Sonnenaufgang.

Er zog eine Flasche Bushmills aus der Mauernische und nahm einen tiefen Schluck.

In der Ferne beobachtete er, wie sich derweil die großen Kräne der gespenstisch erleuchteten neuen Werftanlage in einer stummen Choreografie bewegten.

Er versuchte, seine Gedanken zu ordnen.

*

Logan und er waren in eine Falle getappt.

Eine aufwendig geplante Falle, so viel war sicher.

Das astronomische Honorar, das Personal ohne Gegenwehr und die Auftragskiller im Gastraum, all das ließ keine andere Schlussfolgerung zu.

James versuchte, eine Verbindung zwischen den Ereignissen des Abends und seinem Freund Logan herzustellen.

Sicher hatte dieser kleinere Gaunereien begangen, um sein schmales Salär aufzubessern. Aber niemals hätte er eine Bedrohung für die Belfaster Unterwelt darstellen können, die eine derartige Hinrichtung rechtfertigen konnte.

Die entscheidende Erkenntnis traf James wie ein Blitz aus heiterem Himmel.

Als wolle er sich Mut antrinken, nahm er einen tiefen Schluck aus der Whiskyflasche.

Dann nickte er stumm, als müsse er es sich selbst noch einmal bestätigen.

Es war gar nicht um Logan gegangen!

Die Falle hatte einzig und allein ihm selbst gegolten.

James McDermott, dem ›Wikinger‹.

Diesen schmeichelhaften Beinamen hatte ihm die Halbwelt wegen des nordischen Äußeren, des entstellten Gesichts und der Vergeltung an Will Kingsley verliehen; eineinhalb Jahre nach der schmutzigen Ringschlacht hatte er Kingsley in einer Seitengasse gestellt und Rache geübt.

Geschmeichelt von den Legenden, hatte James in der Folge die lukrativen Aufträge der Halbweltgrößen akzeptiert. Es schien, als habe die Partei mit dem Wikinger auf ihrer Seite einen strategischen Vorteil bei Verhandlungen jeder Art.

Inhalt und Teilnehmer dieser Treffen, bei denen er als Bodyguard furchteinflößend im Hintergrund stand, hatte James nie hinterfragt.

Doch dabei musste er tiefes Missfallen erregt haben.

Das Missfallen von mächtigen Leuten.

Mächtig genug, um seine Liquidierung zu beschließen.

Diese Hintermänner hatten zu Recht darauf spekuliert, dass Logan den Auftrag nur mithilfe seines Freundes James über die Bühne bringen konnte.

Logan Courtney hatte für seine Freundschaft mit dem Wikinger einen hohen Preis bezahlt, den höchsten.

Diese Freundschaft hatte ihm das Leben gekostet.

*

Allmählich wichen Wut und Verzweiflung.

Doch die Gefahr war keineswegs vorüber.

Im Gegenteil: Sein Leben hing in Belfast am seidenen Faden.

Er schleuderte die Flasche weit in das Gelände.

Erst jetzt hatte er verstanden, dass es gar keiner Überlegungen mehr bedurfte.

Das Schicksal hatte längst für ihn entschieden.

*

James McDermott konnte nicht warten.

Aber für Langstreckenflüge nach Südafrika schien es partout keine kurzfristigen Tickets mehr zu geben.

Er ließ sich auf die Warteliste mehrerer Airlines setzen und suchte gleichzeitig weiter in Flugbörsen nach einem Ticket. Er war wieder einmal dabei, die Buchungsportale zu durchsuchen, als sein Handy klingelte.

Ein Passagier der Businessclass in einem British Airways Flug von Belfast City Airport via London Heathrow nach Johannesburg hatte in letzter Minute storniert. Ohne nach dem Preis zu fragen, übernahm er die Buchung. Anschließend benachrichtigte er Mutter und Stiefvater von seiner bevorstehenden Ankunft.

Mit Logans Frau vereinbarte er ein Treffen vor dem Check-in-Schalter der British Airways. Vorher fuhr er zur Ulster Bank und leerte sein Schließfach. Den Großteil der Banknoten deponierte er in einen Umschlag, auf dessen Vorderseite er in großen Lettern *To Lisa Courtney* notierte.

Als er am BA-Schalter eintraf, wartete Lisa bereits auf ihn. Wie verabredet steckte er ihr den Umschlag in einer stummen Umarmung zu. Dann ging er weiter zur Sicherheitskontrolle.

Als er sich umdrehte, stand sie immer noch da.

Dieses Mal rannen Tränen über ihre Wangen.

Das Tanken

Ines hatte den Rest der Nacht durchgeschlafen.

Mit Bastian genoss sie am Morgen das Frühstück, bis es Zeit zum Auschecken war.

Als erstes prüfte sie anschließend die Tankanzeige, die eine Restfüllung für knapp 40 Meilen anzeigte. Ines beschloss das Auto vollzutanken, da in den Reiseführern vor Spritengpässe in abgelegenen Gegenden ausdrücklich gewarnt wurde.

Sie startete den Motor und ließ den Wagen an der nur wenige Meter entfernten Tankstelle wieder ausrollen.

*

An der Zapfsäule wartete ein ungepflegter, dickbäuchiger Tankwart mit breitem Grinsen.

»Volltanken?«, fragte er.

»Ja, bitte«, entgegnete Ines.

Mit demonstrativer Behäbigkeit suchte der Mann den Tank, als würde es sich nicht um ein weitverbreitetes Importauto handeln.

Als er den Zapfhahn mit unverändertem Grinsen endlich im Benzinstutzen versenkt hatte, wunderte sich Ines über das langsame Fortschreiten der Tankuhr.

Scheppernd läutete kurz darauf das Telefon im Kassenhäuschen und der Mann schlürfte hinüber zum Abnehmen.

Kurzentschlossen nutzte sie dessen Abwesenheit und packte beherzt in den Zapfhahn.

Sofort schnellte die Anzeige der Tankuhr vor und lief mit normaler Geschwindigkeit weiter.

Währenddessen beugte sich der Mann aus der Kassenbox und versuchte allem Anschein nach, das Kennzeichen ihres Wagens zu entziffern.

Erst jetzt schien er wahrzunehmen, dass seine Kundin den Tankvorgang abgeschlossen hatte. Eilig beendete er das Telefonat.

Ines hatte mittlerweile wieder auf dem Fahrersitz Platz genommen und das Tankgeld abgezählt. Sie hatte beim Tanken auf eine runde Summe geachtet.

Bevor sie den Motor starten konnte, erreichte der fette Mann ihren Wagen. Kurzatmig baute er sich vor der Kühlerhaube auf und bewegte den Zeigefinger in Wischermanier, als wollte er ihr drohen.

Ines warf die Banknoten aus dem Fenster, um den Mann zur Seite zu bewegen. Reflexartig beugte sich die plumpe Gestalt zu den flatternden Banknoten herunter und verlor beim Anfahren des Corolla das Gleichgewicht.

Sie beschleunigte in Richtung Ausfahrt und beobachtete, wie die staubumtoste Gestalt des Tankwarts im Rückspiegel zusehends kleiner wurde.

Ines drehte den Spiegel zu ihrem Sohn. Dieser lächelte ihr verschwörerisch zu.

Gut gemacht!, signalisierte Bastians Blick.

Sie erwiderte sein Lächeln mit einem Augenzwinkern und wandte sich dann wieder dem Verkehr zu.

Warum hatte der Mann den Tankvorgang verzögert?

Hatte er tatsächlich ihr Kennzeichen durchgegeben?

Und wenn ja, *wem?*

Wieder einmal gab es mehr Fragen als Antworten.

Das Verhör

»Ausgecheckt und verschwunden …?!«

McDermott machte aus seiner Verärgerung keinen Hehl.

»Was heißt hier ›verschwunden‹? Wir reden von einer europäischen Touristin mit Kind. Wie sollen die beiden nach Abreise aus einem großen Innenstadthotel einfach verschwinden?«, wollte McDermott wissen.

»Das ist wirklich nicht die Schuld der Beamten, Chef«, versuchte Officer Daniels zu beschwichtigen. »Als die Streife gestern Abend im Garden Inn nachgefragt hat, waren Mutter und Sohn bereits abgereist. Offenbar haben die beiden das Hotel noch während des Kampfgetümmels verlassen.«

Tatsächlich hatte nichts darauf hingedeutet, dass die Touristin, die Öffentlichkeit geradezu gesucht hatte, von einer Sekunde zur Nächsten untertauchen würde.

Einmal mehr sah sich McDermott in seinem Unbehagen zu den Umständen des Falles bestätigt.

Irgendetwas stank hier gewaltig zum Himmel.

*

Das Verhör war für den späten Vormittag angesetzt.

Sie hätten es vorgezogen, das Ergebnis der Fahndungsanfrage bei Interpol abzuwarten. Doch dazu fehlte die Zeit.

Das südafrikanische Recht, der sogenannte *Criminal Procedure Act* von 1977, ließ den Beamten wenig Spielraum. Der Verdächtige musste spätestens 24 Stunden nach Festnahme einem Untersuchungsrichter vorgestellt werden. Im Abschnitt IX war zudem festgelegt, dass der

Festgenommene über die Möglichkeit der Freilassung auf Kaution aufzuklären war.

Das hatten die Beamten des JMPD am Vortag pflichtgemäß getan.

Unmittelbar darauf hatte der Häftling mehrere Telefonate nach Deutschland geführt.

*

Alle Hoffnungen ruhten nun auf Officer Daniels.

Er sollte das Verhör des Angreifers durchführen.

Steve Daniels war einer seiner besten und erfahrensten Leute. Dieser beherrschte alle Tonarten, vom väterlichen Freund bis zum knallharten Bullen, und hatte die erfolgreichste Verhörquote unter den Kollegen.

Ein Verdächtiger, der die Befragung durch ihn überstand, galt gemeinhin als uneinnehmbare Festung.

McDermott folgte dem Geschehen per Lautsprecher durch eine große Spiegelglasscheibe. Er musterte den Mann genauer, der gestern noch versucht hatte, ihn niederzuschlagen.

Der Verhaftete schien Schmerzen zu haben, wirkte aber kontrolliert und ließ sich durch keinerlei Manöver aus der Fassung bringen. Er sprach fließend Englisch, wenn auch mit starkem Akzent. Sein Äußeres war deutlich in Mitleidenschaft gezogen, das Oberhemd zerrissen und das Nasenbein von einem Pflasterverband bedeckt.

Bei der Kleidung des Mannes schien es sich um teure Markenware zu handeln, wie man sie in exklusiven Geschäften der Innenstadt oder teuren Airportboutiquen finden konnte.

McDermott hatte genug gesehen, um zu wissen, dass weder Daniels noch er selbst von dem Angeklagten etwas Nützliches erfahren würden.

Er seufzte und wollte in den Verhörraum eintreten.

In diesem Moment klingelte sein Handy.

Die Anwälte

Der Verdächtige ignorierte McDermotts Eintreten.

»Sie wurden von der Frau zweifelsfrei als Täter identifiziert«, setzte Daniels das Verhör fort. »Diese Aussage liegt schriftlich vor und macht Sie zu einem Verdächtigen im Sinne des südafrikanischen Strafrechts. Wir können Sie hier bis auf Weiteres festhalten. Und die südafrikanischen Gefängnisse sind verdammt noch mal keine Mädchenpensionate! Das würde ich mir an Ihrer Stelle gut überlegen. Selbst wenn wir das wollten, wir können Sie hier nicht Tag und Nacht schützen. Niemand kann das. Vielleicht schlafen Sie da bestens, kann schon sein. Aber einige erleben in den Nächten unschöne Dinge, sehr unschöne Dinge. Die Wahl liegt bei Ihnen …«

Braver Steve, er zieht wirklich alle Register!

Stumm zollte McDermott seinem Officer Respekt.

Aber der Mann gegenüber Daniels zeigte sich weiterhin gänzlich unbeeindruckt.

»Officer, in Kürze halten Sie mich jetzt 24 Stunden ohne eine richterliche Anordnung in Untersuchungshaft. Ärztliche Versorgung wird mir vorenthalten, obwohl der tätliche Angriff Ihres Kollegen zu offensichtlichen Verletzungen geführt hat. Und …«, hierbei schien der Mann zu lächeln, »wenn es dieses Phantom, diese angebliche Zeugin wirklich gibt, dann veranlassen Sie doch eine Gegenüberstellung. *Ich* bin dazu bereit!«

Nun war Daniels vollends in die Defensive geraten.

Denn diese Zeugin gab es nicht mehr.

Sicher war es nur eine Frage der Zeit, bis sie Frau und Kind fanden. Aber auch dann war unklar, ob diese ihre Anschuldigungen vor dem Untersuchungsrichter wiederholen würde.

McDermott hatte sich bis dato im Halbdunkel aufgehalten. Sorgen bereitete ihm die Tatsache, dass sich das Zeitfenster für einen erfolgreichen Abschluss der Ermittlungen schloss.

Es war Jocelyn, die ihn kurz vor dem Betreten des Verhörraums angerufen hatte: Anwälte von »Johannesburg Legal«, der größten Anwaltskanzlei Südafrikas, seien bereits auf dem Weg zu ihnen.

Damit würde der Verdächtige binnen kürzester Zeit wieder auf freiem Fuß sein.

McDermott trat einen Schritt nach vorne, beugte sich zu Daniels herunter und informierte ihn mit gedämpfter Stimme über das bevorstehende Eintreffen der Anwälte.

Dann hob er den Blick und fixierte den Mann.

Zum ersten Mal ließ dieser eine Unsicherheit erkennen, indem er McDermotts Blick auswich.

Doch es blieb keine Gelegenheit, aus diesem kurzen Moment der Schwäche Nutzen zu ziehen.

Auf dem Flur waren bereits aufgeregte Stimmen zu hören, die sich dem Verhörraum mit eiligen Schritten näherten.

Im selben Augenblick wurde die Tür aufgestoßen.

Die Anwälte stürmten herein.

Der Reifen

Gegen Mittag erreichten sie Laporte.

Im Reiseführer wurde diese Raststätte gerühmt wegen des Ausblicks auf eine Wasserstelle im angrenzenden Wildreservat. Zahlreiche Tierarten seien dort versammelt, darunter Strauße, Antilopen und Büffel.

Ines parkte den Wagen vor einem Schnellrestaurant und wählte einen Tisch mit Blick auf das Reservat. Nach dem Imbiss spazierten sie in Richtung Wasserloch, um die Tiere aus der Nähe zu beobachten. Der Reiseführer hatte tatsächlich nicht zu viel versprochen.

Dann wurde es Zeit, die Fahrt fortzusetzen.

Als Ines den Wagen startete und auf die Nationalstraße einbog, strahlte die Sonne. Die Ereignisse vom Morgen schienen weit entfernt.

Doch bald darauf schon zogen dunkle Wolken auf.

*

Die direkte Route zum Park führte über die N4.

Sie würden dann am Malelane Gate ankommen.

Stattdessen entschied sich Ines Lindberg für die mit sechs Stunden deutlich längere Anfahrt über die Nationalstraße 1 zum Phalaborwa Gate. Wer auch immer ihr und ihrem Sohn folgen sollte, würde die direkte Route zum Nationalpark wählen. Und damit einen anderen Parkeingang.

Die jüngsten Erfahrungen ließen ihr jede Art von Vorsicht sinnvoll erscheinen.

Ja, geradezu notwendig.

*

Noch gut zwei Stunden Fahrzeit lagen vor ihnen.

Seit der Mittagspause waren mehrere Stunden vergangen. Ines beschloss, auf dem breiten, unbefestigten Seitenstreifen zu halten.

Das sollte reichen, um Getränke aus dem Kofferraum zu nehmen und sich kurz die Beine zu vertreten.

Noch bevor der Wagen zum Halten kam, war ein kräftiges Rumpeln im Wageninneren zu verspüren.

Erschrocken stoppte sie das Fahrzeug, zog die Handbremse an und stieg aus.

Auf dem Seitenstreifen waren dreckverkrustete Holzplanken entsorgt worden, aus denen bleistiftdicke Nägel ragten. In der hereinbrechenden Dämmerung hatte die Kruste wie eine Tarnfarbe gewirkt und die Bretter unkenntlich werden lassen.

Sie inspizierten die Reifen und stießen am rechten Vorderrad auf ein zischendes Geräusch; der Luftaustritt war hier auch an der Handinnenfläche deutlich spürbar.

Ines Lindberg kämpfte mit den Tränen.

Sie begann nun das Gepäck auf den schmutzigen Seitenstreifen zu räumen. Unaufgefordert packte Bastian mit an. Anschließend blickte sie unter die Bodenplatte des Kofferraumes, um den Ersatzreifen zu inspizieren. Doch anstelle von Reifen und Wagenheber war nur eine Plastiktüte mit Spraydose und Ventilen auffindbar.

Entgeistert nahm Ines das Paket in die Hand.

Tire Mobility Set war auf der Frontseite vermerkt.

Die klein gedruckte Gebrauchsanleitung war im Dämmerlicht kaum zu entziffern. Ines bat ihren Sohn, die Taschenlampe aus dem Handschuhfach zu holen.

»Die Batterien sind leer«, stellte Bastian nüchtern fest, nachdem er den Lampenschalter erfolglos betätigt hatte.

Sie setzten sich daraufhin in den Wagen, um das Innenraumlicht zu nutzen. Aber bereits der erste Absatz machte ihre Hoffnungen zunichte: *Bitte verwenden Sie dieses Set nur für Löcher bis zu 3 mm Durchmesser!*

Das Loch im Vorderrad wirkte deutlich größer. Wieder einmal schien es Ines, als habe das Schicksal ein geradezu teuflisches Vergnügen daran gefunden, ihnen besonders große Steine in den Weg zu legen.

Als sie wieder aufblickte, fiel ihr Blick auf die andere Straßenseite. Dort stand ein Fahrzeug mit abgeblendeten Scheinwerfern. Ines hatte es in der Aufregung um den Reifenschaden nicht bemerkt. Dunkle Scheiben und die einsetzende Dämmerung ließen einen Blick in das Innere des Fahrzeugs nicht zu.

»Gott sei Dank, die werden uns sicher helfen!«, rief Ines erleichtert aus und machte Anstalten, auszusteigen.

»Die helfen uns nicht«, erwiderte Bastian kurz angebunden.

»Wieso? Wie kommst du darauf?«

»Der Pickup …«, fuhr Bastian fort.

»Was, was ist damit?!«

»Er stand heute Morgen an der Tankstelle, hinter dem Kassenhäuschen. Er gehört dem Tankwart.«

Abrupt drehte Ines den Kopf wieder zum Pickup.

Diesmal war die Seitenscheibe unten und der Fahrer lehnte sich heraus. Mühelos erkannte sie das Gesicht des Tankwarts. Auf dem Beifahrersitz schien ein weiterer Mann zu sitzen.

Im selben Augenblick wendete das Fahrzeug.

Die Namen

Der penibel ausrasierte Nacken gehörte Conrad.

Arthur Conrad, der zweite Commissioner des Polizeipräsidiums, raspelte wieder einmal Süßholz.

Dabei saß er auf der vorderen Schreibtischecke und hatte sich Jocelyn mit einer Halbdrehung zugewandt.

»Arthur«, bemerkte McDermott lächelnd bei der Rückkehr ins Büro, »falscher Raum, falsche Frau!«

Conrad wirkte ertappt, wollte sich aber den Schneid so schnell nicht abkaufen lassen.

»James, was willst du alter Einsiedler mit einer Sekretärin wie Joy?«, entgegnete er.

McDermott musste lachen, auch wegen der vertraulichen Abkürzung ihres Vornamens.

»Meinst du als Vorgesetzter, oder als Mann?«

Damit hatte er Conrad auf dem falschen Fuß erwischt. Dieser war im Präsidium als notorischer Schürzenjäger bekannt.

»Ich merke schon: Du gönnst deinem Kollegen nicht einmal den kurzen Schwatz zum Kaffee«, erwiderte Conrad und räumte widerwillig seinen Platz.

Als die Tür ins Schloss fiel, hatte McDermott bereits den Poststapel gegriffen, mit Jocelyn einen vielsagenden Blick ausgetauscht und die Aktentasche mit Schwung auf den kleinen Ecktisch seines Büros geworfen.

»Schwarz und heiß?«, rief seine Sekretärin herüber, während sie den Kaffee brühte.

Wie jedes Mal klang es etwas anzüglich für ihn.

Schwarz und heiß!

Genau das waren die Attribute, die seine Kollegen ihr zugeordnet hatten.

»Ja, bitte«, antwortete er und vermied es dabei, ihre Worte zu wiederholen.

Dann ließ sich McDermott in den ledernen Schreibtischstuhl fallen, den er zu Jahresbeginn bei einer Auktion erstanden hatte.

Dabei handele es sich um einen »Eames Chair«, hatte ihm einer der schneidigen, jungen Abteilungsleiter kürzlich erklärt. Der Sessel gelte als Designikone unter den Bürostühlen. McDermott hatte interessiert zugehört und mit keinem Wort erkennen lassen, dass ihm das alles lange schon bekannt war.

Vor vielen Jahren hatte Catherine ihr Interesse an diesem Stuhl geäußert, aber damals hatten ihnen die Mittel für eine solche Anschaffung gefehlt.

Während Jocelyn den Kaffee servierte, fuhr er mit dem Durchmustern des Poststapels fort.

*

Es war kurz nach 18 Uhr.

Jocelyn wollte sich gerade in den Feierabend verabschieden, als das Faxgerät zu rattern begann. Sie legte ihm das eingegangene Schreiben vor und verließ anschließend das Büro.

Es war eine Mitteilung von Interpol und sie galt dem Angreifer, den sie kurz zuvor hatten gehenlassen müssen.

Eilig überflog er die Mitteilung: *Der Gesuchte heißt mit bürgerlichem Namen Don Bronski. Häufig benutzte Aliasnamen lauten »Claude Moret«, »Hans van Damme« und »Daniel Petrov«.*

Daniel Petrov!

Auf diesen Namen lauteten die Papiere, die der Mann bei seiner Verhaftung vorgelegt hatte.

»Verdammt!«, entfuhr es McDermott. Dabei schlug er donnernd auf den Schreibtisch.

Knapp vier Stunden waren erst vergangen, seit sie den Mann auf freien Fuß gesetzt hatten. Aber für einen Profi wie Bronski alias Petrov war das mehr als genug Zeit, um unterzutauchen.

Mit einem tiefen Seufzer erhob er sich und trat an das Fenster.

Irgendwo dort unten, in einem der Häuser, in den Straßen oder Parks geschah zum selben Zeitpunkt ein Verbrechen. Das sagte die Statistik. Und er wusste nur zu gut, dass diese Zahlen nicht logen. Nicht in seinem geliebten Joburg.

»Ort des Goldes« hieß die Millionenstadt Johannesburg in der Sprache der Zulu, der größten südafrikanischen Volksgruppe in Gauteng. In der Zwischenzeit war aber für viele aus der Stadt des Goldes ein Ort des Elends und des Verbrechens geworden.

McDermotts Gedanken kehrten nun zurück zum Katz-und-Maus-Spiel der beiden Ausländer.

Warum verfolgte der Profi eine junge Frau mit Kind?

Und warum verschwieg die Frau, dass sie auf der Flucht vor einem Schwerverbrecher war?

Was sollte die Komödie um eine Belästigung beim Einkaufsbummel, wenn es um das eigene Leben ging?

Der Mann, der Profi mit den vielen Identitäten, hatte vermutlich den Auftrag, die Frau zu entführen.

Oder sie zu töten.

Doch noch hatte er sein Ziel nicht erreicht.

Für dieses »Noch nicht« gab es aber keinen Platz. Weder in der Welt des Verfolgers noch in der Welt seiner Auftraggeber. Dessen war sich McDermott sicher.

Die Suche nach dem Mann war damit zweitrangig.

Sie mussten Frau und Kind finden.

Dann würden sie auch auf den Verfolger stoßen.

Der Truck

Es gab kein Entkommen.

Sie waren durch die Reifenpanne wie gelähmt.

Instinktiv nahm Ines ihren Sohn in die Arme und schloss die Augen.

Im selben Moment war in der Ferne ein Brummen vernehmbar, das rasch lauter wurde.

Kurz darauf erklomm ein Sattelzug die Kurve, die dem Seitenstreifen um knapp zweihundert Meter vorausging. Der Lkw signalisierte seine Priorität mittels Lichthupe, offenbar um den Pannenwagen und das wendende Fahrzeug zu warnen.

Ines löste sich aus ihrer Erstarrung und lief wild gestikulierend auf die Fahrbahn.

Sie war fest entschlossen, den Lkw zu stoppen.

Erst hupend, dann mit lautem Schnaufen und Zischen der Bremsanlage kam der Lkw zum Stehen.

Nur wenige Meter vor Ines Lindberg.

*

Der Truck wirkte wie ein Ungeheuer aus Blech und Glas gegenüber dem zierlichen, menschlichen Widerpart, von dem er dennoch gestoppt worden war.

Der Fahrer hatte frühzeitig abgeblendet und die Warnblinker eingeschaltet.

Die beiden Türen des Lkw öffneten sich fast gleichzeitig und zwei Männer stiegen aus.

Genaueres konnte Ines erst erkennen, als die beiden näherkamen.

Der Fahrer war mittelgroß, breitschultrig und circa 50 bis 60 Jahre alt. Sein Aussehen erinnerte Ines an den amerikanischen Countrysänger Kris Kristofferson. Für diesen hatte sie als Jugendliche nach dem Besuch des Roadmovies »Convoy« eine Zeit lang geschwärmt.

Der Beifahrer war maximal Mitte Zwanzig, groß gewachsen und ansonsten fast ein Double des Fahrers. *Vater und Sohn,* schoss es Ines durch den Kopf.

»Nettes Plätzchen, um 'nen Truck zu stoppen, junge Frau«, rief ihr der Fahrer mit tiefer Stimme zu. Dabei sah er sie unter buschigen Augenbrauen prüfend an.

In diesem Augenblick kam Bastian herbeigelaufen und stellt sich schützend vor seine Mutter.

»Oho, mit Bodyguard also, okay …«, ergänzte der Mann und schien dabei zu lächeln.

»Mister, bitte entschuldigen Sie tausendmal, ich bin wirklich untröstlich!« Ines' Verzweiflung war alles andere als gespielt.

»Aber unser Reifen ist geplatzt, ein Reserverad gibt es nicht und die Dämmerung hat uns hier überrascht. Wir, mein Sohn und ich, wir sind Touristen und es gibt wirklich sonst niemanden, den wir um Hilfe bitten könnten.«

»Mmh, verstehen wir. Wirklich blöde Situation«, brummte der Fahrer. »Aber das ist 'ne Terminlieferung,

Lady. Zu spät bedeutet: *no money!* Wir können nicht pausieren, es geht einfach nicht. Rufen Sie die SAAA an.«

»Wen?!«, fragte Ines verständnislos zurück.

»Die ›South African Automobile Association‹, simple Nummer: 0800-010101. Kann man sich merken«, antwortete der Fahrer.

»Aber Mister«, begann Ines erneut, doch der Fahrer unterbrach sie: »Sorry, wirklich sorry, Lady, aber wir haben keine Wahl. Ihr Touristen müsst euch vorher mal informieren: Überlandfahrten bei Dunkelheit sind keine gute Idee in Südafrika. Sollte eigentlich auch in euren Reiseführern stehen.«

Der Fahrer gab dem Beifahrer nun das Signal, zum Truck zurückzukehren. »Wir sorgen dafür, dass ein SAAA-Wagen vorbeikommt. Bis dahin seid ihr im Wagen am besten aufgehoben. Warnblinker an und Türen geschlossen, Miss«, ließ der Fahrer sie im Weggehen wissen.

Im selben Augenblick zog der Pickup heran und hielt mit laufendem Motor neben dem Truck.

»Kleine Autopanne? Kein Problem! Erledigen wir sofort«, schwadronierte der Tankwart beim Aussteigen. »Dafür muss doch kein Truck hier die Fahrbahn blockieren!«

Kurz darauf öffnete sich auch die Beifahrertür des Pickups und ein zweiter Mann stieg aus. Dieser mied den Lichtkegel des Scheinwerfers und blieb im Dunkeln unkenntlich.

Der Trucker bedeutete seinem Beifahrer, stehenzubleiben.

Mit betont heiterer Stimme wandte sich der schwammige, kleine Tankwart nun an Ines:

»Na, Ma'am? Reifen platt? Da helfen wir doch gern. Machen wir kostenlos, wir wollen an euch beiden nichts verdienen. Aber die netten Trucker hier, die wollen wir doch deswegen nicht aufhalten, oder?«, sagte er. Dabei blickte er Beifall heischend zum Fahrer.

Dieser verständigte sich derweil mit seinem Beifahrer durch wenige Zeichen.

Als der Tankwart Anstalten machte, sich Mutter und Sohn zu nähern, schrie ihn Bastian aus Leibeskräften an: »Lasst uns in Ruhe, haut bloß ab!«

Ines zog ihren Sohn eng an sich. Beide blickten voller Sorge in Richtung Truck.

»Was hat er gesagt?«, erkundigte sich der Fernfahrer bei Ines und deutete mit dem Kopf in Bastians Richtung.

»Sie verfolgen uns, sie verfolgen uns seit heute Morgen«, antwortete Ines. »Wir haben große Angst!«

»*Angst?!* Aber Schätzchen, ich bitte dich, was erzählst du da für einen Unsinn? Im Gegenteil! Ihr braucht Hilfe, und wir wollen euch helfen«, versuchte der Tankwart zu beschwichtigen.

Der Fahrer warf nun einen kurzen Blick auf die Silhouette des zweiten Mannes, der unverändert im Dunkeln verblieben war.

»Ziemlich lichtscheu, dein Kumpel«, sagte er.

»Ach was, das sieht nur so aus«, beeilte sich der Tankwart zu versichern. »Er ist etwas schüchtern.«

»*Zu* lichtscheu, für meinen Geschmack …«, fuhr der Fahrer ungerührt fort.

Dann fügte er hinzu: »Ich sag euch mal, wie's jetzt weitergeht: Ihr beiden Helden verschwindet hier. Wir kümmern uns um die kleine Familie.«

»Moment, Moment mal!«, erwiderte der Tankwart. Sein Tonfall hatte jede Verbindlichkeit verloren. »Wer sagt denn überhaupt, dass die beiden bei euch sicher sind?«

Es entstand eine angespannte Pause. Während der Trucker den Tankwart mit stoischer Miene betrachtete, rannen diesem Schweißperlen über die Stirn.

»Einsteigen und losfahren«, wiederholte der Fahrer und fügte mit Nachdruck hinzu: »*Jetzt!*«

Zum ersten Mal machte der Beifahrer des Tankwarts Anstalten, aus dem Schatten herauszutreten und einzugreifen. Im selben Augenblick erklang das laute Entsichern einer Waffe.

Erschrocken blickten Ines und Bastian zum LKW hinüber. Breitbeinig hatte sich dort der junge Trucker aufgebaut.

Mit einem Gewehr im Anschlag.

Die Vorfahren

Nun kam Bewegung in die Situation.

Der mysteriöse Beifahrer des Pickups stieg schweigend zurück in den Wagen, eilig gefolgt vom Tankwart. Anschließend beschleunigte der Wagen in Richtung Johannesburg.

»Na gut Lady, dann sehen wir uns das Malheur mal genauer an«, erklang wieder der brummige Bass des Fahrers.

Die Trucker kramten ein Tire Mobility Set hervor, das ungleich größer war als das des Mietwagens.

Binnen kürzester Zeit hatte der junge Beifahrer das Loch abgedichtet und den Reifen wieder aufgepumpt.

Allerdings würde das nur bis zur nächsten Werkstatt reichen, wie die beiden erklärten. Der Reifen selbst sei bereits nach kurzer Fahrt irreparabel geschädigt.

Anschließend fuhr der Lkw voran und lotste sie in ein Gewerbegebiet mit Motel und Werkstatt.

*

Pete und Tim Braunschweig.

So hießen Vater und Sohn.

Sie betrieben eine Spedition mit zwanzig Trucks in Gauteng und schienen dabei recht erfolgreich zu sein. Das zumindest hatte Ines den kargen Schilderungen der beiden Männer entnommen.

Trotz der drohenden Konventionalstrafe wegen Verspätung lehnten die beiden eine finanzielle Entschädigung ab.

Ines erkundigte sich nach dem deutschstämmigen Familiennamen und brachte Pete damit zum Plaudern.

Der Name stamme aus der Region um Eluphendwini, einem kleinen Ort am Buffalo River. In der Tausend-Seelen-Gemeinde waren Ende des 19. Jahrhunderts deutsche Familien ansässig geworden, die ihren Siedlungen Namen aus der Heimat verliehen hatten, darunter Berlin, Hamburg, Potsdam und eben Braunschweig.

Während Vater und Sohn Braunschweig im Laufe des Abends zusehends auftauten, forderte der aufregende Tag seinen Tribut: Bastian war auf der Sitzbank eingeschlafen.

Ines entschuldigte sich nun mit ihrem Sohn zur Nachtruhe.

Der Aufbruch

Es war Dienstagmorgen.

McDermott rief seine Sekretärin zu sich.

»Jocelyn, einmal angenommen: Sie kämen aus Europa hierher, mit einem circa achtjährigen Sohn, in dieser Zeit des Jahres. Sie wären über Johannesburg eingereist und hätten einen Mietwagen zur Verfügung. Was würden Sie tun? Ich meine, wo würden Sie zuerst hinfahren?«

»Wenn ich mit einem Mann unterwegs wäre, Chef, dann gäbe es viele schöne Orte«, erwiderte Jocelyn lächelnd und machte eine kurze Pause. Dann fuhr sie fort: »Aber mit einem Schulkind würde ich sicher den Krugerpark besuchen.«

Es war selten, dass seine Sekretärin eine Unzufriedenheit mit ihrer privaten Situation anklingen ließ.

McDermott ließ diesen Teil ihrer Antwort zunächst unkommentiert: »Ja, das leuchtet mir ein. Vielen Dank. Dann müssen wir baldmöglichst die Namen aller weiblichen Hotelgäste des Garden Inn mit den Besucherlisten des Parks abgleichen.«

»Ich kümmere mich darum«, sagte Jocelyn im Hinausgehen.

»Und Jocelyn …«

Seine Sekretärin blieb in der Tür stehen und drehte sich um.

»Habe ich da nicht Sonntagabend erst eine Männertraube um sie herum gesehen im McGinty's …?«

Doch Jocelyn schien nicht in der Stimmung für ein ironisches Geplänkel.

»Vielleicht kommt ja der *Richtige* an solchen Abenden nie mit«, erwiderte sie.

Dabei funkelte sie ihn wütend an.

*

Jocelyn Gould war einem Sicherheitscheck unterzogen worden, als sie sich um die Sekretariatsstelle in McDermotts Büro bewarb.

Das gehörte zur Standardprozedur im JMPD bei Stellen mit Zugang zu vertraulichen Informationen.

Jocelyn war in Johannesburg als Tochter eines indischen Diplomaten und seiner südafrikanischen Frau aufgewachsen. Nach dem Diplomatendienst blieb das Paar in Südafrika und ließ seiner einzigen Tochter eine ungewöhnlich gute Schulbildung angedeihen. Vermutlich hätte Jocelyn studiert, wäre nicht die Liebe zu Ben Gould, einem schlimmen Jungen aus der Nachbarschaft, dazwischengekommen.

Gould hatte es im Johannesburger Syndikat bereits weit gebracht, als ihn seine Frau vor die Wahl stellte: Er solle sich für die Ehe oder das Syndikat entscheiden.

Offenbar hatte sie nicht länger in Angst um ihren Mann leben wollen.

Sechs Monate später wurden die Goulds geschieden. Kurze Zeit später kam Ben Gould bei einer Schießerei ums Leben.

Angesichts dieser Vorgeschichte hatte das Personalmanagement des JMPD Jocelyns Bewerbung abgelehnt.

McDermott setzte ihre Einstellung dennoch durch.

Keine Sekunde lang hatte er diese Entscheidung bisher bereut.

Ganz im Gegenteil.

Der Fan

Grußlos legte Jocelyn die Papiere auf den Tisch.

Es waren die Listen von Hotel und Nationalpark.

Die auffälligen Übereinstimmungen waren bereits markiert: Sie lauteten auf den Namen »Lindberg«.

McDermott hatte keine Ahnung, wie seine Sekretärin das in so kurzer Zeit hatte bewerkstelligen können.

Beim Passieren des jeweiligen Gates wurden zwar Identitäten, Ziele und Fahrzeugdaten der Parkbesucher abgefragt. Aber die Computerisierung der Parkverwaltung war noch im Werden begriffen, die Geräte häufig defekt und jegliche Nachforschung gewöhnlich zeitraubend.

Er betätigte die Gegensprechanlage: »Jocelyn, vielen Dank für die Unterlagen. Dann brauche ich jetzt einen Wagen. Und sagen Sie bitte einem der jungen Beamten Bescheid. Ich habe keine Lust, in der Rushhour selbst zu fahren.«

McDermott lehnte sich zurück und sinnierte.

Eine junge Frau mit ihrem Sohn, auf der Flucht vor einem gesuchten Killer. Das klang endlich einmal wieder nach richtiger Polizeiarbeit.

Er hoffte auf ein Wiedersehen mit dem Täter.

Ein Wiedersehen ohne Rücksichten.

Weder auf Gaffer noch auf Kameras oder Anwälte.

*

»Fahrer und Wagen stehen bereit, Chef.«

Jocelyn hatte auch das in Windeseile organisiert.

McDermott holte die Reisetasche aus dem Schrank, öffnete den Waffentresor und entnahm die Beretta 92.

Dann setzte er das Magazin ein und sicherte die Waffe. Anschließend verstaute er sie im Holster, zog den Staubmantel über und trat ins Vorzimmer.

»Wann sind Sie zurück, Chef?«, wollte Jocelyn wissen.

»Wenn es nach mir ginge, würden wir uns heute Abend im McGinty's wiedersehen«, erwiderte McDermott augenzwinkernd. »Dienstreisen haben für mich beträchtlich an Reiz verloren.«

»Chef, wo Sie sich heute Abend aufhalten, das ist Ihre Privatsache«, erwiderte Jocelyn, ohne ihn eines Blickes zu würdigen. »Ich muss aber Auskunft geben können, wann und wie der Commissioner des JMPD dienstlich wieder erreichbar ist!«

McDermott verließ das Büro ohne eine Replik.

Jocelyn hatte gelegentlich ihre Stimmungen.

Und er hatte gelernt, das zu respektieren.

*

Der Fahrer wartete neben einem Kleinwagen.

»Sergeant Tony Biltong, Sir, zu Ihren Diensten, *Sir!*«

Der junge dunkelhäutige Beamte salutierte militärisch und beugte sich dann vertraulich vor: »Es ist mir eine große Ehre, Sir. Ich bin ein großer Fan, ich habe alles über Sie gelesen Sir, *alles!*«

Beinahe hätte McDermott laut gelacht.

Aber das strahlende Gesicht des jungen Polizisten hielt ihn davon ab.

»Soso, mmh. Aber in den Medien wird ja häufig übertrieben, Tony«, versuchte er dessen Begeisterung zu dämpfen. Doch der Adjutant strahlte weiter.

»Alles, Sir. *Alles!*«

Die Warnung

Den neuen Reifen erhielten sie zum Vorzugspreis.

Auch dabei hatten die beiden Trucker geholfen.

Dann wurde es Zeit, sich zu verabschieden.

Bis dahin hatten Vater und Sohn Braunschweig den Zwischenfall vom Vortag mit keinem Wort erwähnt.

Erst kurz vor Abfahrt nahm Pete Braunschweig Ines beiseite. »Gestern Abend«, brummte er mit seiner tiefen Stimme, »keine guten Leute …«

»Wir passen jetzt auf, versprochen!«, erwiderte Ines. »Vor allem keine Überlandfahrten mehr in der Dunkelheit«, ergänzte sie. Dabei rollte sie mit den Augen, als wolle sie dem Wissen um die eigene Dummheit Nachdruck verleihen.

Doch Pete erwiderte das Lächeln nicht.

»Der Mann im Dunkeln, der mit der Waffe, *bad news!* Haltet euch von dem fern.«

Ines erschrak. Die Bewaffnung des mysteriösen Beifahrers war ihr in der Dämmerung nicht aufgefallen. Aber tatsächlich war von diesem eine fast unheimliche Bedrohlichkeit ausgegangen.

Ohne weitere Worte zu verlieren, stieg der Trucker in die Fahrerkabine und startete den Motor. Mit einem tieffrequenten Motorgeräusch setzt sich der Sattelschlepper langsam in Bewegung. Kurz bevor der Truck in der Kurve zur Nationalstraße verschwunden war, grüßten die Trucker zum Abschied mit der Fanfare.

Geistesabwesend winkte Ines ihnen hinterher.

Nun war klar, warum die beiden das Thema am Vorabend gemieden hatten.

Diese düstere Warnung hätte ihr den Schlaf geraubt.

Der Fahrer

»Wir kümmern uns erst mal ums Auto, Tony.«
McDermott lächelte seinem Adjutanten zu.

Dieser sah seinen Vorgesetzten verständnislos an
und blickte dann auf den Hyundai, wie ein Kind auf ein
Spielzeug, das abhandenzukommen drohte.

»Nicht ärgern, alles wird gut«, fügte McDermott
hinzu und winkte gleichzeitig den Leiter des Fuhrparks
herbei.

»Commissioner, was kann ich heute Morgen für Sie
tun?«, rief dieser beim Herantreten.

»Morgen, Donny. Wie geht's Maggy und den Kindern?«

»All well, all well«, erwiderte Donald Katanga. »Na ja,
unser Ältester, Superjunge, der beste Rugbyspieler seiner
Altersstufe. Die Mädels stehen Schlange. Nur in der
Schule, da klappt's nicht so richtig. Da kommt er halt
nach seinem Vater.« Währenddessen warf Katanga einen skeptischen Blick auf den Wagen.

»Der Hyundai? Der *Hyundai* soll's sein?«, fragte er
mit kaum überhörbarer Missbilligung.

»Habt ihr denn heute noch etwas anderes im Angebot?«, erkundigte sich McDermott interessiert.

»Sir, ein Commissioner muss das JMPD repräsentie-
ren, Sir!«, sagte Katanga mit ernster Stimme und zog
sein Diensthandy aus der Tasche. »Lassen Sie Donny
mal sehen …«, murmelte er und wimmelte gleichzeitig
zwei uniformierte Beamte ab, die ihren reparierten Streifenwagen abholen wollten. »Leute, nicht jetzt! Später,
später! Seht ihr denn nicht, für wen ich hier gerade arbeite?«

»So, also«, wandte er sich anschließend mit verschwörerischer Stimme an McDermott. »Der Polizeipräsident hat heute und morgen Termine in Pretoria. Und er ist mit dem Zug unterwegs. Das heißt, dass der BMW *frei* ist!«

»Donny, das ist eine wirklich gute Idee. Bevor der Wagen hier nutzlos herumsteht …«, erwiderte dieser mit anerkennendem Kopfnicken.

»Aber Sir, bitte pfleglich behandeln! Als Sie damals diese üble Bande in Soweto geschnappt haben. Großartig, wirklich. Wirklich große Klasse, wenn ich das so sagen darf, Sir. Es haben ja alle Zeitungen darüber berichtet. Aber ich musste nachher zur Verwaltung und erklären, wieso der Mercedes des Polizeipräsidenten draufgegangen ist …«

»Keine Sorge, Donny! Wir passen auf den Wagen auf, als wäre es der eigene«, entgegnete McDermott, während er Zündschlüssel und Fahrzeugschein in Empfang nahm. »Und grüßen Sie Maggy und die Rasselbande von mir.«

Dann gab er dem Fahrer das Zeichen zum Aufbruch.

*

Die Nervosität war rasch verflogen.

Tony machte einen sicheren Eindruck am Steuer.

Vermutlich kam es nicht alle Tage vor, dass ein junger Beamter den teuren Dienstwagen des Polizeipräsidenten durch den chaotischen Verkehr der Johannesburger Rushhour steuern durfte.

Eigentlich gab es für solche Zwecke speziell ausgebildete Fahrer im JMPD, die Fahrzeuge auch in Grenzsituationen sicher beherrschten. Drohungen gegen die Polizeispitze und Angriffe auf hochrangige Polizeibeamte hatte es in der Vergangenheit durchaus gegeben.

Dennoch fand McDermott derartige Tabubrüche hilfreich.

Der junge Polizist würde sich vermutlich noch längere Zeit an die Fahrt erinnern.

Und daran, dass ihm sein Chief vertraut hatte.

*

»Tony, Sie machen das wirklich sehr gut!«

McDermott wandte sich an seinen Fahrer.

»Wenn wir aber das Tor zum Krugerpark erreicht haben, dann gelten andere Gesetze. An den Parkschranken …«

»Werden wir angehalten«, führte der junge Polizist den Satz selbstbewusst zu Ende.

»Sehr gut. Dann wissen Sie vermutlich auch, dass die Beamten des JMPD bei den Parkangestellten nicht ganz so beliebt sind?«

»Jawohl, Sir. Das haben die Kollegen im Präsidium berichtet.«

»Und was machen Sie daher als Sergeant des JMPD?«, fragte McDermott nach.

»Sir, ich weise mich aus, Sir, und sage, dass *Sie* im Auto sind, der berühmte Commissioner McDermott! Dann werden wir durchgewunken und alles geht ganz schnell, Sir!«

McDermott seufzte leise. Das war das genaue Gegenteil von dem, was aller Voraussicht nach passieren würde.

Das JMPD hatte unter seiner Leitung eine ausgedehnte Bestechungsaffäre in der Parkverwaltung aufgedeckt. Auch das Johannesburger Syndikat war darin verwickelt gewesen. Es ging seinerzeit um die Vergabe der streng limitierten Lodgekonzessionen, die den jeweiligen Inhabern ein erhebliches Einkommen bescherten.

Seither hatte die Parkverwaltung, in der alte Seilschaften die Oberhand behielten, die Arbeit des JMPD immer wieder behindert.

»Falsche Antwort, Tony. Sie zeigen Ihren Dienstausweis und geben dann Gas.«

»*Gas geben*? Sir, ich meine …«

»*Gas geben*, Tony, Sie haben richtig gehört. Auf mein Kommando. Nicht früher, nicht später …«

Noch einmal traf ihn Tonys fragender Blick.

Dann lächelte der junge Fahrer verschwörerisch.

TEIL 5: DER PARK

Limpopo (Südafrika), im September 2018

Die Schranke

Am späten Nachmittag erreichten sie den Park.
Berufsverkehr und Staus hatten viel Zeit gekostet.

Tonys Versuch, die Kolonnen mit Blaulicht und Sirene zu passieren, war von McDermott unterbunden worden; Unfälle von Einsatzwagen waren gerade in der Rushhour keine Seltenheit.

An der Schranke präsentierte der junge Fahrer bereitwillig seinen Dienstausweis.

Doch statt der privilegierten Einfahrt wurde ihnen eine langwierige Prozedur mit zahlreichen Rückfragen zuteil.

Als wieder einer der touristischen Mietwagen an ihnen vorbeizog, gab McDermott kurzerhand den Befehl zur Weiterfahrt.

Mit röhrendem Motor nahm der BMW Fahrt auf.
Nur ein Hechtsprung rettete den Wärter.

*

McDermott lehnte sich zurück.

Er musterte die Wildnis. Wieder einmal zog ihn deren Schönheit in den Bann.

»Chief, wo genau soll's denn hingehen?«, wollte Tony wissen.

Als er dem jungen Fahrer die Adresse der Lodge nannte, zuckte dieser kurz zusammen.

Ja, es war eine teure private Lodge. Mit einer erstklassigen Küche und einem preisgekrönten Weinkeller.

Dort zu reservieren war sein letzter Auftrag für Jocelyn gewesen. Alle Kosten über den knauserigen Verpflegungssatz des JMPD hinaus würde er ohnehin selbst tragen müssen. Ebenso wie die Rechnung des Cottage, das er für den jungen Beamten hatte buchen lassen.

Nach seiner Rückkehr würde der junge Sergeant dann einiges zu berichten haben.

Nicht zuletzt von einem exklusiven Dinner in der Wildnis, in Gesellschaft seines Commissioners.

Das Reiseziel

Schon die ersten Kilometer entschädigten für alles.

Giraffen standen unmittelbar am Wegesrand und hatten ihre Köpfe tief in den niedrigen Baumkronen versenkt. Den Touristenautos schienen sie keinerlei Beachtung zu schenken. Etwas weiter entfernt grasten Gazellen und Springböcke.

Für den Corolla waren es vom Parkeingang noch circa zwanzig Minuten bis zum Hauptcamp.

In den Prospekten waren dreizehn Hauptcamps verzeichnet. Diese unterschieden sich von den Buschcamps durch die schiere Größe sowie das Vorhalten von Tankstellen, Shops und Restaurants.

Insgesamt wirkte der Park so weiträumig, dass das Zusammentreffen mit einem Verfolger nicht zu befürchten war.

Ines blickte auf das Gesicht ihres Sohnes, der die Tiere voller Erstaunen und Faszination beobachtete.

Zum ersten Mal seit langer Zeit schien der Albtraum der Krankheit weit in den Hintergrund getreten.

Und genau das war ihr eigentliches Reiseziel.

Das Pseudonym

McDermott brühte einen Kaffee auf.

Dann trat er mit dem Becher auf die Veranda.

Eineinhalb Stunden lagen bis zum Abendessen noch vor ihnen. Er beschloss, die Zeit für Dienstmails zu nutzen, und nahm das Smartphone zur Hand.

Im Posteingang fanden sich mehrere Mails von Steve Daniels; sie betrafen die Wege des Verdächtigen, Bronski alias Petrov, von der Einreise bis zur Festnahme.

Der Mann war zusammen mit den Lindbergs in Frankfurt am Main in den SAA-Flug 261 nach Johannesburg gestiegen. Über welche Reiserouten der Gesuchte dorthin gelangt war, blieb offen. Die Ermittler vermuteten aber eine Anreise aus Osteuropa.

Im Flugzeug hatte er direkt neben Ines und Bastian Lindberg gesessen. Offenbar war der Mann auf Mutter und Sohn angesetzt worden.

Nachdem diese neuen Fakten auf dem Tisch lagen, hatten die Beamten des JMPD die Kanzlei des Verdächtigen kontaktiert.

Dort erhielten sie die Auskunft, dass der Mandant mit unbekanntem Ziel abgereist sei. Alles Weitere unterläge dem Schutz der Vertraulichkeit, zumindest bis zur Vorlage eines richterlichen Beschlusses.

McDermott hegte keinen Zweifel daran, dass sich der Gesuchte noch in Südafrika aufhielt.

Der Ordnung halber waren die Passagierlisten aller größeren Airlines überprüft worden. Aber erwartungsgemäß fanden sich weder dort noch in den größeren Hotels in und um Johannesburg Eintragungen, die mit den Namen Bronski oder Petrov übereinstimmten.

Der Vorgang ließ ihm keine Ruhe.

Irgendein Detail musste ihm entgangen sein.

Nichts auf dieser Welt war perfekt: keine Straftat, kein Alibi und insbesondere keine Flucht.

Er hielt kurz inne und sah auf die Uhr.

Im selben Moment fielen Sonnenstrahlen auf sein Handgelenk und ließen den Chronometer aufblitzen.

Es schien, als wolle ihm seine geliebte Catherine mit diesem Funkeln ihres Geschenkes einen Gruß senden.

Das Messer

Es war kurz vor Feierabend.

Nur wenige Touristen waren noch im Geschäft.

Nach der Buchung eines kleinen Bungalows hatten Ines und Bastian den Safariladen aufgesucht.

Bastian lief gebannt von einem Tierpräparat zum nächsten. Tatsächlich strahlten die Trophäen noch immer etwas Majestätisches, ja Bedrohliches aus.

Währenddessen betrachtete Ines die Auslagen, die von Sonnencreme bis Safarihut alles bereitzuhalten schienen. In einer der Vitrinen wurden auch Messer angeboten.

Eines davon hob sich vom übrigen Sortiment ab.

Es war ungewöhnlich schlank und schwungvoll gearbeitet. Polierte Messingkappen fassten den dunkelgrün gemaserten Griff ein. Der Klingenrücken war am Rumpf mit einem stilisierten Insekt geschmückt.

»Da haben Sie sich für etwas sehr Schönes entschieden«, sagte der Verkäufer beim Herannahen. Es war ein junger Mann, Mitte zwanzig, mit freundlichem Lächeln.

»Schauen Sie«, sagte er und holte das Messer unaufgefordert aus der Vitrine. »Das ist eine Biene.« Er deutete auf das Insekt am Klingenhals. »Das ist das Markenzeichen der Firma. Es ist ein Original ›Laguiole‹ aus Frankreich. Dort berühmt geworden als das Messer der Stierzüchter.«

Alle anderen Messer wirkten primär wie eine Waffe. Doch mit diesem Messer hätte man auch das Baguette bei einem Picknick schneiden können, ohne Missfallen zu erregen.

Das Messer war selbst für einen Laien auffallend schön gearbeitet. Und es konnte sicher nicht schaden, eine Waffe dabei zu haben, die als solche nicht sofort zu erkennen war.

»Ich nehme es. Was soll es kosten?«, fragte Ines den jungen Mann, während sie die Kreditkarte heraussuchte.

»Es ist ein *Original* Laguiole. Es kommt aus Frankreich«, wiederholte der junge Mann unverändert in einem werbenden Ton, so als hätte sie ihre Kaufabsicht nicht bereits kundgetan.

Es entstand eine kurze Pause.

Als sie anhob, ihre Frage zu wiederholen, antwortete der junge Verkäufer: »Hundertfünfzig.«

Er räusperte sich und ergänzte: »Es kostet 150 Dollar, *US-Dollar.*«

Er schien ihren ungläubigen Blick bemerkt zu haben und fügte hinzu: »Wie gesagt, es kommt aus Frankreich …«

Ines' erster Impuls war, das Messer zurückzugeben und den Wucherladen zu verlassen.

Doch plötzlich bedrängte sie die irrationale Furcht, ausgerechnet an diesem Abend einer Gefahr unbewaffnet gegenübertreten zu müssen.

»Und was bedeutet dieses hier?« Ines hatte ein Ätzzeichen am Klingenblatt entdeckt, welches unschwer das Wort ›Heineken‹ erkennen ließ.

Die Reaktion des Gegenübers zeigte, dass ihr Instinkt sie nicht getäuscht hatte.

»Das ist eine Sonderedition in Zusammenarbeit mit einer großen holländischen Brauerei. Das, das hat nichts zu bedeuten«, beeilte sich der Verkäufer, ihren Argwohn zu zerstreuen.

Doch Ines war sich bereits sicher: Das Messer hätte dort gar nicht liegen dürfen. Das war auch der Grund, warum es zur sonstigen Waffensammlung so auffällig kontrastierte. Es war offenbar zwischen das übliche Touristenangebot praktiziert worden, vermutlich vom Verkäufer selbst.

Sie blickte zur Kasse, an der die Aufkleber der großen Kreditkartenfirmen prangten und beschloss, ihn auf die Probe zu stellen.

»Na gut. Ich nehme es. Bitte stellen Sie mir eine Kaufquittung aus mit Ihrem Namen. Falls ich es in den nächsten Tagen doch noch umtauschen möchte.«

Sie legte die Kreditkarte auf den Tresen und lächelte ihn an.

»Das kann ich nicht, ich ...« Jetzt kam der junge Mann ins Schwitzen. »Da ist leider kein Umtausch möglich. Und Sie müssten es bar bezahlen.«

Sie sahen sich an und wussten beide in diesem Augenblick, dass Ines das Manöver durchschaut hatte.

Ines steckte die Kreditkarte zurück und zog einen 50-Dollar Schein heraus: »Ich werde Ihnen jetzt etwas sagen: Sie akzeptieren die fünfzig Dollar oder ich komme morgen wieder. Dann lasse ich mir von Ihrem Manager noch einmal persönlich die Vorzüge des Messers erklären.«

In den Augen des Mannes blitzte Verärgerung auf.

»Sie dürfen das Messer hier nicht verkaufen …«

Mit diesen Worten streckte sie ihre Hand aus und griff nach dem Messer.

Sie hatte sich nicht getäuscht.

Hastig steckte der Verkäufer den Geldschein ein und ließ sie gewähren.

Die Spionin

McDermott wählte die Nummer seines Büros.

Es war bereits Feierabend im Polizeipräsidium. Aber seine Sekretärin war häufig länger im Büro. So auch an diesem Nachmittag,

»Jocelyn«, begann er, um dann kurz innezuhalten. »Der Mann, den wir vorgestern vor dem Innenstadthotel verhaftet haben …«

»*Wir?*«, fragte seine Sekretärin zurück, offenbar unter Anspielung auf die unglückliche Rolle des Anwärters.

Er überhörte die Gegenfrage: »Der ist ja gegen Kaution wieder auf freiem Fuß. Vertreten von Johannesburg Legal.«

»Ja, Chef, und?«

»*Johannesburg Legal* … sind das nicht dieselben Anwälte, die im McGinty's ihre Drinks nehmen?«, wollte McDermott wissen.

»Mmh, und wenn es so wäre, Chief?«, fragte Jocelyn mit unverhohlener Skepsis nach.

»Wir erfahren ja leider nie, wer der Geldgeber war, wenn die Kanzlei eine Kaution stellt …«, fuhr er fort.

Es entstand eine Pause.

»Oh, no. *No!* No, Mister Commissioner! Ich gehe da abends hin, um Freunde zu treffen. Nicht um Ermittlungen durchzuführen. Oder wildfremde Männer zum Ausplaudern von Berufsgeheimnissen zu animieren!«

Die Stimme seiner Sekretärin bebte nun vor Zorn.

McDermott fühlte sich ertappt.

Wie ein Schuljunge bei einem dummen Streich, der unerwartet Schaden angerichtet hatte.

Nach einem verlegenen Zögern sagte er kleinlaut: »Jocelyn, es tut mir leid, wirklich sehr leid! Sie haben vollkommen recht, das war eine *ganz* schlechte Idee von mir. Manchmal benehme ich mich wie ein Idiot …!«

Jocelyn grummelte etwas in die Leitung. Offenbar stimmte sie mit seiner Einschätzung überein.

Dann legte sie grußlos auf.

Die Reue

Um keinen Preis auffallen!
Das hatte Ines sich vorgenommen.

Doch ihre Begehrlichkeit hatte sie ein unnötiges Risiko eingehen lassen.

Beim Verlassen des Safariladens bereute sie bereits ihr Manöver.

Der Verkäufer würde sich vermutlich noch längere Zeit daran erinnern, wie ihn eine Touristin beim Messerverkauf ausgetrickst hatte. Und bereitwillig Auskunft geben, wenn jemand nach ihnen fragen sollte.

Damit war die Freude über ihre Errungenschaft bereits verflogen.

»Mama, gehen wir jetzt zum Abendbrot?«

Bastians Frage brachte sie auf den Boden der Tatsachen zurück.

Es war mittlerweile kurz nach acht; andere Kinder in seinem Alter wären längst in Quengelei ausgebrochen.

∗

In der Cafeteria kauften sie Hamburger, Salat und Getränke.

Sie wählten einen Tisch am Terrassenrand und genossen das Abendbrot in Gesellschaft zahlreicher kleiner Vögel, die unerschrocken Jagd auf Essensreste machten.

Nach dem Essen wurde Bastian müde und Ines brachte ihren Sohn zu Bett.

Als er eingeschlafen war, kehrte sie mit einem Glas Wein an ihren Tisch zurück. Sie wollte die Gedanken ordnen und für den nächsten Tag planen.

Die Terrasse war jetzt nur noch spärlich besetzt.

Ines hatte die Prospekte gerade aus der Hand gelegt, als sie plötzlich Schritte in ihrem Rücken vernahm.

Es waren die kräftigen Schritte eines Mannes, und dieser schien direkt auf sie zuzusteuern.

Sie unterdrückte den Fluchtreflex.

Für ein Weglaufen war es jetzt zu spät.

Der Schriftsteller

Kurz nach Mitternacht läutete das Handy.

McDermott war bereits eingeschlafen und hatte Mühe Jocelyns Stimme zu erkennen. Der Kneipenlärm im Hintergrund erschwerte die Verständigung.

»R-E-M-A-R-K!«, rief seine Sekretärin ins Telefon, »so heißt der Mann, der die Kaution gestellt hat.«

Bevor er nachfragen konnte, klickte es in der Leitung. Jocelyn hatte wieder grußlos aufgelegt. Offenbar hatte sie die Aufforderung zum Ausspionieren der Anwälte sehr verletzt.

Wie seine Sekretärin es dennoch geschafft hatte, die entscheidende Information in kürzester Zeit zu beschaffen, blieb wieder einmal ihr Geheimnis.

Remark ...

Nachdenklich wiederholte McDermott den Namen halblaut.

Der Name war ihm schon einmal begegnet.

Aber in einem anderen Zusammenhang.

Das Lachen

»Wieso lachst du? Bitte erzähl, *bitte,* Mama!«, drängte Bastian seine Mutter.

Mit einem Schwung beförderte Ines auch die letzte Tasche in den Kofferraum, warf den Deckel ins Schloss und beugte sich zu ihm herunter.

Dann berichtete sie ihrem Sohn vom Vorabend.

Beide lachten nun prustend los.

*

»*Stopp!* Oder ich …!«

Ines war aufgesprungen.

Sie schwang die halbvolle Wasserflasche wie eine Keule über dem Kopf.

Dabei löste sich der Verschluss und eine Fontäne ergoss sich auf ihr Haupt. In der Drehung zum vermeintlichen Angreifer begriffen, verlor sie gänzlich das Gleichgewicht und riss im Fallen den Tisch mit. Zu guter Letzt landete sie bekleckert von Wasser und Salatsoße auf dem Hosenboden.

Als sie aufblickte, erkannte sie den jungen Verkäufer.

»Entschuldigung! Ich wollte Sie auf keinen Fall erschrecken. Das tut mir unglaublich leid!« Die Bestürzung stand dem jungen Mann ins Gesicht geschrieben.

Nachdem er ihr aufgeholfen hatte, richtete er Tisch und Stühle. Dann besorgte er Servietten, mit denen Ines Hemd und Hose notdürftig reinigen konnte.

»Darf ich mich trotzdem kurz zu Ihnen setzen, Ma'am?«, fragte er schüchtern.

»Nur wenn Sie versprechen, die Terrasse in Zukunft wie ein normaler Mensch zu betreten: Vom Eingang, nicht von hinten!«, antwortete Ines verärgert.

Unter anderen Umständen wäre sie in die Hütte zurückgekehrt und hätte ihre Sachen ausgewaschen.

Sie entschloss sich aber, das Malheur zu ignorieren, und die Angelegenheit vom Nachmittag zu bereinigen. Der junge Mann war sicher gekommen, um das Messer zurückzuverlangen.

Doch sie hatte sich getäuscht.

Der Verkäufer entschuldigte sich wortreich bei ihr.

Er sei Student und verdiene in den Sommermonaten sein Geld im Park. Der Verdienst wäre schlecht und die

Arbeitszeiten lang. Er sei meist allein im Geschäft und darauf angewiesen, etwas nebenher zu verdienen.

Er wies ihr Angebot, das Messer zurückzugeben freundlich, aber bestimmt zurück. Mit ihrem Einverständnis wolle er lieber das Geld behalten. Der Onkel eines Kommilitonen beliefere Restaurants in Kapstadt mit Getränken und reiche ab und zu Werbegeschenke der Brauereien an seinen Neffen weiter. Von diesem hatte der junge Verkäufer ein halbes Dutzend der Laguiolemesser erhalten, um sie im Laden an Touristen zu verkaufen und dann den Erlös zu teilen. Ohne Werbung gälten sie tatsächlich als Sammlerobjekte und hätten ihren Preis.

Er bat Ines, der Parkverwaltung nichts davon zu berichten. Sonst verlöre er seine Stelle.

Ines versicherte ihm, dass sie nicht beabsichtige die Verwaltung oder sonst jemanden in Kenntnis zu setzen. Es täte ihr auch leid, dass sie aus seiner Situation Vorteil gezogen habe.

Sie mussten nun über die gegenseitigen Entschuldigungen lachen und traten in eine lockere Unterhaltung ein.

Als der junge Verkäufer hörte, dass Ines und Bastian am Folgetag zum bekannten »Wilderness Trail« aufbrechen würden, hatte er noch hilfreiche Tipps zu Vorbereitung und Anfahrt parat.

Dann war es Zeit, sich zu verabschieden.

Erleichtert kehrte Ines in die Hütte zurück.

Die Spuren

»Mögen Sie Krimis, Tony?«

Abfahrbereit saßen Commissioner und Sergeant am nächsten Morgen im Auto.

»*Krimis*, Sir? Welcher Art?«, fragte der Adjutant irritiert und suchte den Blickkontakt im Rückspiegel.

»Na ja, amerikanische Krimiserien zum Beispiel. Im Fernsehen, bei Netflix, wo auch immer …«, erwiderte McDermott.

»Ja, Sir, sicher. Aber ein Netflixabo können wir uns nicht leisten, unser Zweiter ist gerade unterwegs, Sir«, fügte der Fahrer hinzu. Dabei strahlte er noch etwas mehr als sonst.

»Gratulation, Tony, *Gratulation!* Auch das wird sicher ein Prachtbursche! Aber zurück zum Krimi. Ist Ihnen schon mal aufgefallen, dass die Einsatzfahrzeuge da meist mit hoher Geschwindigkeit anrücken, um dann eine Vollbremsung hinzulegen? Auch wenn die Gefahr längst gebannt ist?«, wollte McDermott wissen.

»Nein, ich meine ja, ich meine …« Der junge Beamte war nun verunsichert.

»Gut, denn genau das wollen wir heute Morgen üben«, sagte McDermott. »Sie erinnern sich noch an die Auffahrt zur Campleitung?«

Der junge Fahrer nickte fragend.

»Also Folgendes, Tony: Manchmal ist es bei der Polizeiarbeit unmöglich, eine wichtige Information durch freundliche Gespräche zu erhalten. Eben gerade nicht durch *freundliche* Gespräche. In solchen Fällen kann ein Überraschungseffekt helfen …«

»Wir überraschen die Lagerleitung durch ein waghalsiges Bremsmanöver? Klasse, Chief! *Tony hat verstanden!* So machen wir's.«

Nach den Erfahrungen der letzten Jahre war eine Kooperation seitens der Campleitung wenig wahrscheinlich.

Wahrscheinlich hingegen war, dass sich die leitenden Parkbeamten untereinander kurzschließen würden und danach für das JMPD unerreichbar blieben.

»Okay, Tony, *let's go!*«, feuerte er den Fahrer an.

Dieser blickte augenzwinkernd in den Rückspiegel und gab dann beherzt Gas.

Mit einem Satz, der den Officer in den Sitz presste, schoss der BMW nach vorn.

Es hätte gereicht, kurz vor Zielankunft zu beschleunigen. Aber der junge Fahrer hielt zumindest Wort und legte vor dem Eingang ein filmreifes Bremsmanöver hin.

Das rasante Auftauchen der dunklen Limousine sorgte für erhebliches Aufsehen bei den Sekretärinnen, die schwatzend vor der Tür saßen.

Umhüllt von einer Staubwolke sprang McDermott aus dem Wagen und stürmte auf den Eingang zu.

»Chief McDermott, Joburg Police Department. Wo ist der Campleiter?«, rief er den erschreckt aufspringenden Frauen zu.

Ohne sich mit weiteren Nachfragen aufzuhalten, stürmte er direkt in das Gebäude.

*

Der Campleiter war eindeutig nicht mit dienstlichen Belangen beschäftigt.

Die junge Frau, die bei ihm weilte, sprang mit einem Schrei des Entsetzens vom Schreibtisch. Notdürftig versuchte sie, ihre Blöße zu bedecken.

Die Situation bedurfte keiner Erläuterung und McDermott quittierte das Szenario mit einem lauten Seufzer. Immerhin hatte er den Mann damit in der Hand.

Nachdem die halbnackte Sekretärin aus dem Büro geflohen war, baute sich der Campleiter vor dem Officer auf. Mit einem verzweifelten Versuch schien der Mann die Kommandohoheit zurückgewinnen zu wollen.

Doch bevor er seinen gestammelten Satz zu Ende bringen konnte, hatte McDermott ihn am Kragen gepackt. Die Hemdnähte gaben mit lautem Geräusch nach und der Mann schien kurz davor, in Tränen auszubrechen. Das hatte gerade noch gefehlt.

»Reißen Sie sich zusammen«, fuhr McDermott ihn an, »sonst lass ich den ganzen Sauladen hier hochnehmen!«

Dann schleifte er den Campleiter auf den Besucherstuhl und nahm in dessen Chefsessel Platz.

McDermott machte nun eine dramaturgische Pause und musterte den nervös zappelnden Parkangestellten eindringlich. »Ich sag Ihnen mal, was die Polizei Joburg benötigt. *Jetzt* und *sofort* benötigt. Wenn Sie kooperieren, kann es sein, dass wir ein Auge zudrücken. Wenn nicht, tja dann …«

Weiter brauchte er nicht zu reden.

»Chief, Commissioner, ich bitte Sie. Natürlich stehen Ihnen alle unsere Ressourcen zur Verfügung, ohne jede

Einschränkung!« Allmählich schien der Mann seine Fassung wiederzugewinnen. »Dem Police Department in Joburg zu helfen hat unsere allerhöchste Priorität!«

»Na also«, entgegnete McDermott und schob dem schwitzenden Mann Stift und Papier zu. »Ich hatte ja die Hoffnung, dass wir hier zu einer Einigung kommen. Jetzt mal mitschreiben ...«

Die Wunschliste des Officers war kurz und präzise.

»Aber erstmal sorgen Sie für 'nen ordentlichen Kaffee!«, lautete die letzte Anordnung.

Eilfertig verließ der Campleiter das Büro.

Der Drive

Sein Augenmerk galt den Teilnehmerlisten.

Den Listen der sogenannten »Trails« oder »Drives«.

Dass Mutter und Sohn daran teilnahmen, war aus McDermotts Sicht sehr wahrscheinlich. Auf den Game Drives, den geführten Jeep-Touren abseits befestigter Straßen, erlebte man ungleich mehr als mit dem eigenen Auto. Nur so lernte man den Park wirklich kennen.

Tatsächlich hatte er die Namen der Lindbergs nach wenigen Minuten auf der Liste des Wilderness Trails entdeckt. Dabei handelte es sich um eine Tour in abgelegene Bereiche des Wildparks.

Aber es waren nicht die regulären Einträge, die ihn interessierten. McDermott suchte nach Löschungen, Nachträgen oder andersartigen Manipulationen.

Nach einer halben Stunde wurde er fündig und verfluchte seine eigene Unachtsamkeit.

Auch die Auffälligkeiten betrafen das Verzeichnis des Wilderness Trails. Dabei handelte es sich offenbar um eine gut gemachte Kopie der Originalliste, allerdings mit drei Nachträgen.

Da die Nachträge den Originaleinträgen täuschend ähnlich ausgeführt waren, hatte er sie beim ersten Durchgang übersehen.

Nun war McDermott hellwach. Er musterte die hinzugefügten Namen. Als er den Namen Bronski las, musste er schmunzeln; offenbar hatte der Verbrecher nicht damit gerechnet, dass die südafrikanischen Behörden so schnell Kontakt mit Interpol aufnehmen würden.

Selbst der abgebrühteste Profi macht ab und zu Fehler!, stellte er zufrieden für sich fest.

Die beiden anderen Namen lauteten »Fagerthy« und »Kramer«.

Der Name Fagerthy fand sich im Verzeichnis der Ranger wieder. Der Name Kramer hingegen klang wie ein europäischer Allerweltsname. Sicher war dieser auch im Johannesburger Telefonverzeichnis zahlreich vertreten.

Er wurde das Gefühl nicht los, etwas übersehen zu haben. Doch für weiteres Grübeln blieb keine Zeit.

Wenn es überhaupt noch eine Chance gab, Mutter und Sohn rechtzeitig zu finden, dann war höchste Eile geboten.

McDermott sprang auf und wandte sich im Dienststakkato an seinen Fahrer: »Los geht's, Tony! Volltanken, Waffen holen, Munition einpacken. Und dann Abmarsch!«

Er wollte zum Ausgang eilen, als sich der Campleiter in den Weg drängelte: »Officer, Officer!«, setzte der Mann an, doch McDermott schob ihn mühelos zur Seite und knurrte dabei: »Keine Sorge, alles wird gut. Aber lassen Sie in Zukunft die Finger vom Personal!«

»Chief, ich versichere Ihnen …«, hob der Mann erneut an. McDermott blieb nun stehen.

»Wie gut kennen Sie eigentlich den Park?«, wollte er wissen.

»Keiner kennt den Park so gut wie ich! Ich bin hier geboren und aufgewachsen«, prahlte der Campleiter unvorsichtig. »*Frage Mabuto, wenn der Park dir nicht antwortet!* Das sagen die Menschen hier. Mabuto, das bin ich, das ist mein Spitzname!«

Kurzentschlossen legte der Officer seinen Arm um die Schultern des Mannes.

»Na, dann bitte mal einsteigen«, sagte er. Dabei bugsierte er den heftig protestierenden Mann auf die Rückbank.

Anschließend schwang er sich auf den Beifahrersitz und gab den Befehl zur Abfahrt.

Das Camp

»Ihr müsst Ines und Bastian sein!«

Ein unscheinbarer Mann in khakifarbener Kleidung war auf sie zugetreten. Ines hatte ihn bereits wahrgenommen und für einen Trailhelfer gehalten.

Doch als ein circa siebzigjähriger Schwarzer in deutlich schlichterer Kleidung hinzukam, war die Rollenverteilung eindeutig.

Bastian hatte vermutlich einen stattlichen Ranger erwartet, mit blitzenden Augen und einem Waffengürtel um die Hüften, eine Art »Old Shatterhand« des Parks.

Zumindest dieser Wunsch hatte sich nicht erfüllt.

*

Jeremy und Themba hießen der Wildhüter und sein Helfer.

Die beiden Guides führten die Jeeps zunächst auf eine asphaltierte Straße, um dann nach halbstündiger Fahrt auf einen Schotterweg abzubiegen.

Die Ranger gaben sich alle Mühe, bereits die Anfahrt interessant zu gestalten.

Wann immer ein seltener Vogel oder eine interessante Pflanze zu bewundern waren, stoppten sie. Sie richteten dann scheinbar banale Fragen an die Gruppe. Rasch aber wurde deutlich, dass die Antworten im Busch von vitaler Bedeutung sein konnten.

Jeremy erläuterte den Teilnehmern, dass Wegrennen auch in großer Gefahr keine gute Idee war; derartige Fluchtreflexe würden den Jagdinstinkt der Wildtiere provozieren und so das Risiko vergrößern.

Aber auch scheinbar banale Zeichen wurden von den Wildhütern adressiert: War der Elefantendung Stunden oder mehrere Tage alt? Zeigten die Fußspuren runde Zehenabdrücke, wie bei Wildkatzen? Oder eher eine Nierenform, wie bei Hyänen?

Das Fährtenlesen schien dem Auffinden eines unsichtbaren Seils zu ähneln, welches das Wildtier und dessen Spuren untrennbar miteinander verband.

So erfuhr die Gruppe, dass nur wenige Stunden zuvor Elefanten und Leoparden ihren Halteplatz passiert hatten.

Ines sah auf ihren Sohn.

Wie gebannt lauschte Bastian den Wildhütern.

*

Bei Ankunft wartete das Personal bereits auf sie.

Über dem Lagerfeuer verbreitete ein großer, dampfender Kessel vielversprechende Gerüche.

Nachdem alle Sachen verstaut waren, erkundeten Ines und Bastian das Camp.

Ein langer Zaun trennte das Lager vom Fluss. Nur ein schmaler Stichweg führte in die Nähe des Ufers.

Mit ihrem kleinen, japanischen Feldstecher konnten sie von hier aus eine Gruppe Löwen auf der anderen Flussseite lagern sehen. Aber erst das lichtstarke Fernglas von Mitreisenden ließ die Unmittelbarkeit und Bedrohlichkeit des Rudels spüren.

Bastian war fasziniert von diesem Anblick und Ines hatte Mühe, ihren Sohn zur Rückgabe des Fernglases zu bewegen. Sie entschuldigte sich bei den Leihgebern, einem südafrikanischen Ehepaar. Doch diese lächelten nur.

Sie schienen sich über Bastians Begeisterung mindestens genauso zu freuen.

Die Übernachtung

McDermott bereute seine Entscheidung.

Mabuto als Lotsen zu rekrutieren, hatte sich als Fehler erwiesen.

Mit immer neuen Ausreden erzwang ihr Guide Zwischenstopps: Das Kartenmaterial sei veraltet, die Ausschilderung geändert oder der Blutzucker entgleist.

Es schien, als habe Mabuto diese abenteuerliche Route absichtlich gewählt, um ihr Vorankommen behindern.

Umso mehr hielt McDermott den jungen Fahrer zum zügigen Fahren an, ungeachtet des Fahrbahnzustandes und der Verkehrsregeln.

Es ging um das Leben von Mutter und Sohn.

Alles andere war jetzt nachrangig.

*

Mittlerweile war der BWM kaum wiederzuerkennen.

Fahrbahnschäden, Büsche und Steinbrocken hatten der verdreckten Limousine erheblich zugesetzt.

Als der Wagen erneut ein Schlagloch mit überhöhter Geschwindigkeit passierte, gab es ein polterndes Geräusch.

McDermott ließ Tony am nächstgelegenen Rastplatz halten, um den Schaden zu prüfen.

Dieser inspizierte das Fahrwerk und stauchte den Kotflügel wiederholt nach unten. Jedes Mal schien der Wagen im Stand nachzuschwingen.

»Chief, es tut mir leid. Aber der Stoßdämpfer ist im Eimer. Weit werden wir damit nicht mehr kommen, nicht auf diesen Wegen …«, gab der junge Fahrer mit bedrückter Miene zu bedenken.

McDermott betrachtete die ramponierte Limousine. Dabei musste er an Katangas mahnende Worte bei der Fahrzeugübergabe denken.

Er tröstete den jungen Fahrer und rief Mabuto herbei. Es war nun höchste Zeit, ein Quartier für die Nacht zu suchen und einen Ersatzwagen zu organisieren.

Doch die Bitte um Hilfe stieß bei Mabuto auf taube Ohren. Dieser weigerte sich rundheraus, in welcher Form auch immer behilflich zu sein.

Offenbar genoss der Guide das Gefühl, dass die beiden Johannesburger Beamten ohne seine Unterstützung hilflos schienen.

Nach mehreren frustranen Versuchen verlor McDermott die Geduld.

Er zog die Beretta aus dem Halfter und entsicherte die Pistole.

Angesichts der Waffe brach Mabuto in Tränen aus, ohne tatsächlich bedroht worden zu sein. Er versicherte, sie fortan an ohne Verzögerung in das gesuchte Lager zu führen.

Beim Wiedereinstieg raunte McDermott dem Adjutanten zu: »Fürs Protokoll: Dieser Halt diente einer Sicherheitsübung für Parkmitarbeiter mit Kurzeinweisung in den Schusswaffengebrauch.«

Tony schmunzelte nur und beschleunigte den BMW.

Kurz darauf musste der Adjutant wegen eines Wildwechsels abrupt bremsen. Damit hatte Mabuto nicht gerechnet; er schlug sich die Nase an der Rücklehne blutig.

Erstmals kamen sie nun zügig voran.

*

Mit Einbruch der Dunkelheit begann die Nachtruhe der Wildtiere.

Das Fahren im eigenen Pkw war nun untersagt, auch für die Beamten des JMPD.

Angesichts der Länge von 350 Kilometern und einer Breite von maximal 90 Kilometern war der Park nominell gut mit dem Auto zu erkunden; aber Schotterpisten, Schlaglöcher und der langsame, unberechenbare Fahrstil der Touristen hatten sie an diesem Tag viel Zeit gekostet.

Zu McDermotts Erstaunen war es dem Guide tatsächlich gelungen, Schlafplätze in einem Außenlager zu organisieren.

Sogar einen Leihwagen hatte Mabuto noch auftreiben können. Auch wenn es sich dabei um einen klapprigen kleinen Jeep japanischer Bauart handelte, der selbst für zwei Erwachsenen knapp bemessen war.

*

Nach dem Abendessen, einem schmackhaften Eintopf, saßen sie im Halbkreis um die kleine Feuerstelle herum.

»Commissioner, erzählen Sie uns einen spannenden Fall aus ihrer Karriere. Zum Schlafen ist es noch zu früh«, bettelte Mabuto.

McDermott verspürte keinerlei Lust, den verschlagenen Lotsen mit Dienstabenteuern zu unterhalten und wollte ablehnen.

Aber auch Tony Biltong war Feuer und Flamme:

»Ja, Chief, bitte, erzählen Sie uns etwas aus ihrer Karriere. Dann kann ich meinen Kindern und Enkeln eines Tages davon berichten!«

Die Freude über dieses Privileg wirkte bei Tony so glaubwürdig, dass McDermott nachgab.

»Ihr Gesicht, Officer, mit den zwei unterschiedlichen Hälften«, blökte Mabuto dazwischen. »Wie kam's dazu?«

Er überhörte die Frage des Guides und entschied sich stattdessen für einen Fall aus jüngster Vergangenheit.

Die Entführung von Thandi van der Kerwe.

Das Sandmännchen

»Mama, denkst du manchmal noch an Papa …?«
Normalerweise schlief Bastian längst um diese Zeit.
Doch die vielfältigen Eindrücke an diesem Anreise-
tag schienen ihn wachzuhalten.

Auch Ines hatte die einzigartige Atmosphäre des
Parks in ihren Bann gezogen, ebenso wie der sternen-
klare Nachthimmel.

»Papa ist jetzt auf einem der Sterne da oben. Einer
der Stern gehört ihm, ihm ganz allein. Er schaut zu uns
herunter und passt auf. Und er freut sich, dass du an ihn
denkst, dass wir beide jetzt an ihn denken«, antwortete
Ines ausweichend.

»Wie habt ihr euch getroffen, Mama? Du und
Papa?«, wollte Bastian nun wissen. Offenbar war an ein
Einschlafen bei ihm aktuell nicht zu denken.

Es fiel ihr alles andere als leicht, die Erinnerungen an
Thomas Lindberg aufleben zu lassen. Andererseits
würde eine Tabuisierung des Themas die Neugierde ihres Sohnes nur noch weiter befördern. Daran konnte ihr
nicht gelegen sein.

»Na gut. Also: Wie Papa und Mama sich kennengelernt haben, das erzähle ich dir jetzt. Aber dann wird geschlafen. Wir haben morgen einen anstrengenden Tag
vor uns. Und es geht sehr, sehr früh los. Um fünf Uhr
klingelt der Wecker …«

»Versprochen, Mama. Großes Indianer-Ehrenwort!«
Sie war noch mit der Beschreibung des Weihnachts-
basars befasst, als bereits Bastians gleichmäßige Atemzüge zu vernehmen waren.

Erleichtert deckte Ines ihren Sohn zu.

Das Verbrechen

Diese Entführung hatte großes Aufsehen erregt.

Nicht zuletzt weil Ruud van der Kerwe, der Großvater des Opfers, ein bekannter Großgrundbesitzer und einflussreicher südafrikanischer Politiker war.

Die Enkelin des Patriarchen, die dreizehnjährige Thandi van der Kerwe, war direkt vor der Schule entführt worden, trotz Personenschutz. Sie blieb auch nach der raschen Zahlung einer horrenden Lösegeldsumme spurlos verschwunden.

Nachdem die Ermittlungen der zuständigen Polizeibehörde ins Stocken geraten waren, hatte sich der Großvater hilfesuchend direkt an McDermott gewandt.

Dieser hatte den Fall zwar nur in der Presse verfolgen können, aber dennoch seine Schlüsse gezogen.

Die südafrikanischen Polizeibehörden hatten ihre Ermittlungen auf die nach Suche nach Tätern mit einschlägigen Vorstrafen ausgerichtet, während McDermott von einem Mittäter im engsten Familienkreis ausging. Das hätte auch erklärt, warum trotz der Lösegeldzahlung keine Freilassung erfolgt war.

In Absprache mit dem Patriarchen ließ McDermott die Ermittlungen auf die Bankkonten der Familienmitglieder ausdehnen und kam so dem Täter auf die Spur.

In einem dramatischen Wettlauf gegen die Zeit gelang es schließlich, Thandi in letzter Sekunde wohlbehalten aus den Händen ihrer Entführer zu befreien.

*

Tony hing bis zum Ende an McDermotts Lippen.

Mabuto hingegen war bereits eingeschlafen und schnarchte vor sich hin.

»Okay, Tony. Das war's für heute«, schloss der Officer seine Erzählung. »Gute Nacht.«

McDermott kehrte in die Hütte zurück.

Dort trat er an das Fenster und betrachtete den wolkenlosen nächtlichen Himmel.

Dieser gab den Blick frei auf Myriaden funkelnder Sterne. Durch die geringe Luftverschmutzung schienen die Sternbilder zum Greifen nahe. Die Milchstraße leuchtete derart hell, dass Pflanzen in Bodennähe einen Schatten warfen.

Für den Officer war es schwer vorstellbar, dass zur selben Zeit Verbrecher ihren dunklen Machenschaften im Park nachgingen, anstatt demütig dem atemberaubenden Naturspektakel zu huldigen.

In den vielen Jahren seiner Berufstätigkeit hatte er praktisch jede Art von Verbrecher kennengelernt, vom debilen Gelegenheitsdieb bis zum gerissenen Serientäter. Vom sanften Betrüger bis zum brutalen Mörder.

Für Sozialromantik gab es keinen Platz in seinem Weltbild. Das Böse existierte und es konnte jedem begegnen, jederzeit.

Davon war McDermott überzeugt.

Damit kehrten seine Gedanken an die Aufholjagd zurück. Und erneut beschlich ihn das Gefühl, etwas übersehen zu haben.

Bronski, der Killer, und Fagerthy, der Ranger.

Diese Rollen waren klar verteilt.

Aber Kramer, was war mit *Kramer?*

Die Nachzügler

Der fremde Jeep stoppte auf gleicher Höhe.

Sie hatten das Buschcamp gerade zur morgendlichen Ausfahrt verlassen, als ihnen das andere Fahrzeug entgegenkam.

Das scheinbar zufällige Aufeinandertreffen mündete nach kurzer Zeit in eine erbitterte Auseinandersetzung unter den Wildhütern. Dabei ließ die Lautstärke des Streitgesprächs auch die übrigen Teilnehmer an den Details der Kontroverse teilhaben.

Jeremy machte dem großgewachsenen, neuen Ranger unmissverständlich klar, dass seine Gruppe keinerlei Einschränkungen akzeptierte. Der Aufenthalt der zweiten Gruppe schien nicht mit der Parkleitung abgestimmt zu sein. Offenbar war nur eine Gruppe für das Lager gebucht, und die Vorräte nur für diese eine Gruppe bemessen.

Ines hatte ihrem Wildhüter eine solche Streitlust gar nicht zugetraut. Aber es war offensichtlich, dass mit ihm in manchen Dingen nicht zu spaßen war.

Wütend trennten sich die Ranger voneinander und stapften zu ihren Fahrzeugen zurück.

Im Vorbeifahren versuchte Ines, einen Blick auf die Neuankömmlinge zu werfen; doch diese waren durch heruntergelassene Planen nahezu vollständig verdeckt.

Bastian zupfte jetzt am Arm seiner Mutter und Ines wandte sich wieder ihrem Sohn zu. So entging ihr, dass eine der Planen angehoben wurde, kaum dass sie das andere Fahrzeug passiert hatten.

Ein Fernglas war jetzt auf die Lindbergs gerichtet.

Das Déjà-vu

Die Gruppe um McDermott hatte ihr Ziel erreicht. Es war Mittag und die Touristen waren mit ihren Guides unterwegs. Das Lager wirkte um diese Zeit wie ausgestorben.

Tony Biltong lenkte das Fahrzeug auf den Parkplatz der Lagerleitung. Beim Eintritt in das Vorzimmer kündigte Mabuto ihren Besuch mit großspurigen Worten an:

»Bitte melden Sie uns beim Herrn Lagerleiter an. Mabuto ist hier, mit Chief McDermott aus dem Polizeipräsidium in Johannesburg!«

Als er Tonys bösen Blick wahrnahm, ergänzte er rasch: »Und natürlich mit Sergeant Biltong, dem persönlichen Adjutanten des Herrn Commissioner.«

»Mit *wem* bitte?«, wollte die Sekretärin wissen.

»Dem berühmten Commissioner *McDermott* aus Johannesburg.«

»Kenn ich nicht. Polizisten aus Johannesburg sind hier nicht zuständig«, erklärte die Frau ungerührt.

»Aber ich bitte Sie, Gnädigste«, versuchte es Mabuto auf die charmante Art.

Doch die Sekretärin hatte offenbar die Anweisung erhalten, sie abzuwimmeln.

Nun beugte sich der Officer vor, betätigte unter lautem Protest der Sekretärin die Gegensprechanlage und knurrte hinein: »Commissioner McDermott, JMPD. Wir bitten um ein Gespräch.«

Es dauerte nur wenige Augenblicke, bis ein Mitte fünfzigjähriger Mann in den Raum trat.

Er trug die Kleidung der Parkranger und war flankiert von vier schwer bewaffneten Polizisten des »South African Police Service«, gemeinhin als SAPS abgekürzt.

»Officer McDermott, welch eine Überraschung!«

McDermott konnte sein Erstaunen kaum verbergen.

Ihm gegenüber stand Rob Leuwen.

Der Mann, den er fünf Jahre zuvor hinter Gitter gebracht hatte.

Das Nashorn

Es wurde ein spektakulärer Ausflugstag.

Sie konnten eine Elefantenherde aus nächster Nähe beobachten und wenig später zwei Spitzmaulnashörner bewundern. Zwischendurch passierten sie Zebras und Giraffen.

Zum Abschluss führten die Wildhüter sie zum Fluss. Am Ufer war eine Gruppe von Flusspferden und deren Nachwuchs in der untergehenden Sonne versammelt.

Bastian war jedes Mal Feuer und Flamme und fotografierte eifrig mit seiner kleinen Digitalkamera.

Bereitwillig reichte das südafrikanische Ehepaar auch dieses Mal seinen großen Feldstecher an ihn weiter.

Verstohlen beobachtete Ines ihren Sohn.

Nichts, gar nichts erinnerte noch an die Krankheit.

Er sprang und lief wie jeder Junge in seinem Alter, zumindest soweit in dieser Umgebung beurteilbar.

Der Park schien tatsächlich Heilkräfte zu besitzen.

Die Verhaftung

Leuwen kostete die Situation weidlich aus.

»Sie glauben offenbar, dass die Parkordnung für Sie nicht gilt. Oder ist da gestern jemand anders mit einem Dienstwagen des JMPD in den Park eingedrungen?!«

Sein Gegenüber konnte sich ein breites Grinsen dabei nicht verkneifen.

»Der berühmte McDermott, die *Polizeilegende!* Im Krugerpark festgesetzt wegen Rowdytum und Missachtung der Parkordnung. Oh je, das wird sicher ein gefundenes Fressen für die Medien morgen«, fügte dieser hinzu.

Mabuto hatte mittlerweile die Seiten gewechselt und mied den Blickkontakt.

»Gut gemacht, Mabuto, sehr gut«, lobte Leuwen.

Dann wandte er sich an die SAPS-Beamten: »Bringt die beiden weg!«

Doch die jungen Polizisten waren nach der Nennung von McDermotts Namen merklich verunsichert.

»Ich sagte: Weg mit den beiden, ihr *Hosenscheißer!*«, brüllte Leuwen wutentbrannt. »Der Mann ist doch auch nur aus Fleisch und Blut!«

Zögerlich leisteten diese nun Folge.

*

Tony Biltong kauerte in der Ecke des Verschlags.

Dass sich der Commissioner so schnöde hatte einsperren lassen, war offensichtlich eine herbe Enttäuschung für den jungen Adjutanten.

McDermott nahm es schmunzelnd zur Kenntnis. Dann wandte er sich wieder dem eigentlichen Problem zu.

Mit Rob Leuwen, dem Strippenzieher in der Bestechungsaffäre, hatte er an diesem Ort nicht rechnen können. Dass der windige Mabuto ein falsches Spiel gespielt hatte, erstaunte hingegen weniger.

Überraschung und Ehrfurcht hatte er bei den jungen SAPS-Beamten wahrgenommen, als sein Name fiel.

Obwohl selbst schwer bewaffnet, hatten sich die Polizisten kaum getraut, ihm die Beretta abzunehmen, geschweige denn Handschellen anzulegen.

Die SAPS-Kräfte waren die Antwort des Parks auf die teils militärisch ausgebildeten Wilderer, darunter viele ehemalige Söldner aus dem benachbarten Mozambique. Gleichzeitig war der South African Police Service selbst Teil eines größeren Problems: Die Polizeibehörde galt nicht ohne Grund als korrupteste Institution Südafrikas.

Beim Stichwort »Söldner« hielt McDermott inne.

Erneut musste er an Remark denken.

Den Mann, der Bronskis Kaution gestellt hatte.

Und dieses Mal kehrte die Erinnerung zurück.

Das Rudel

Es musste ein Löwenrudel in der Nähe geben.

Die Ranger hielten emsig Funkkontakt mit Kollegen.

Offenbar versuchten sie, die Gruppe auf Sichtweite heranzuführen.

Allerdings behinderten Büsche und Sträucher das rasche Auffinden. Und die vorsichtige Fahrweise ihres

Guides machte deutlich, dass ein unverhoffter Kontakt, ohne den nötigen Sicherheitsabstand, unter allen Umständen vermieden werden sollte.

Schließlich stoppte der Land Rover. Offenbar waren sie in der Nähe des Rudels angelangt.

Wieder war reger Funkkontakt zwischen ihrem Guide und weiteren Fahrzeugen in der Gegend zu vernehmen. Die Aufmerksamkeit der Gruppe war gänzlich nach vorne gerichtet. Die Teilnehmer taten es den Wildhütern gleich und richteten ihre Ferngläser aus.

Eine seltsame Spannung lag in der Luft.

Fast so, als wäre die Gruppe nicht der Jäger des Rudels, sondern dessen nächstes Opfer.

Ines, die mit Bastian weiter hinten saß, sah zur Seite und erschrak: Die beiden chinesischen Studentinnen, die eben noch hinter ihnen gesessen hatten, waren mittlerweile neben den Wagen getreten.

Diese standen jetzt drei, vier Meter entfernt und begannen Aufnahmen vom Fahrzeug und der Gruppe zu machen.

Erst jetzt nahmen die Ranger das Geschehen wahr. Das Entsetzen stand ihnen ins Gesicht geschrieben.

Sofort sprang Jeremy mit dem Gewehr aus dem Wagen, während Themba gleichzeitig das Fahrzeug zu den Frauen manövrierte.

Dann drängte der Ranger die beiden zurück ins Fahrzeug.

»Are you completely insane?«, brüllte er wütend. »Do you wanna *die?!*«

Die beiden zitterten nun wie Espenlaub.

Der Baustein

Catherine hatte Germanistik studiert.

Einige ihrer Bücher hatte McDermott aufgehoben, um sich daran zu erinnern, wie ihre zarten Hände dieses Buch einmal gehalten hatten. Von ausgewählten Exemplaren hatte seine Frau ihm auch die englische Übersetzung geschenkt.

All Quiet on the Western Front, ein Antikriegsroman, war darunter sein unangefochtener Favorit.

Geschrieben von Erich Maria *Remarque.*

McDermott fasste sich an den Kopf. Wie hatte er nur so begriffsstutzig sein können?

Viele Jahre zuvor, als Catherine bereits erkrankt war, hatten sie eine Reise an die Goldküste geplant. Beim Packen hatte er seine Frau gefragt, ob sie die Bücher des »Franzosen« mitnehmen wolle.

Catherine hatte ihn müde angelächelt: »Ja, wenn man den Namen hört, denkt man sicher an einen Franzosen. Aber tatsächlich hieß der Autor Remark, und kam aus einer deutschen Stadt namens Osnabrück.« Und dann hatte sie hinzugefügt: »Er war sehr erfolgreich, gerade zwischen den Weltkriegen. So erfolgreich, dass die Nazis das Gerücht streuten, er sei eigentlich Jude. Und er habe seinen Namen zur Tarnung umgedreht. Ursprünglich hieße er …«

… Kramer!

Das war's, das war der letzte Baustein! Der Kautionssteller war Bronskis Komplize. Vielleicht sogar der Auftraggeber. Beide befanden sich bereits im Lager.

Um gemeinsam Jagd auf Mutter und Sohn zu machen.

Die Geschichten

Abends luden die Ranger an das Lagerfeuer ein. Jeremy Zandvoort erzählte Geschichten aus dem Alltag der Wildhüter, die spannender waren als mancher Abenteuerroman.

Den Wünschen der Parktouristen nach geheimnisvollen, tragischen und dramatischen Ereignissen wurde dabei Rechnung getragen. Offenbar wollten die versammelten Großstädter nur ungern auf eine Gänsehaut in der behaglichen Wärme des Lagerfeuers verzichten. Die Tierlaute in der Dunkelheit lieferten dazu eine perfekte Geräuschkulisse.

Themba zog derweil an seiner Pfeife.

Obwohl der alte Hilfsranger die Geschichten schon unzählige Male gehört haben musste, schien er den Abend zu genießen. Gelegentlich nickte er, so als wäre er unmittelbar Zeuge der Ereignisse gewesen.

Auch Bastian hing wie gebannt an Jeremys Lippen.

Der Ranger erzählte nun die Geschichte eines betrunkenen Parkbesuchers, der wenige Meter außerhalb des Camps am frühen Morgen seine Notdurft verrichten wollte. Erst beim Hochsehen bemerkte der Mann, dass er sich unmittelbar vor einer Elefantenkuh entblößt hatte.

Die Zuhörer brachen in Gelächter aus und schienen dankbar für eine heitere Episode, nach den teils düsteren Buschabenteuern.

Als der Wildhüter die Gruppe befragte, welches das gefährlichste Tier im Park sei, rangierten Löwe, Leopard und Nashorn auf den vorderen Plätzen.

Zur Überraschung der Touristen aber sahen die Ranger in Krokodilen und Flusspferden die grausamsten und effektivsten Jäger.

Als Jeremy auf Krokodile zu sprechen kam, änderte sich seine Tonlage.

»Du siehst sie nicht. Du hörst sie nicht. Sie können unterhalb der Wasseroberfläche über Tage, ja Wochen fast unsichtbar lauern und dann grausam zuschlagen. Es sind gnadenlose Jäger, die ihr Opfer mit dem riesigen Maul packen, es auf den Boden schlagen und dann in die Tiefe ziehen.«

»Okay, dann schnell zurück ins Camp, wenn sie nach uns schnappen«, rief ein Spaßvogel. Tatsächlich hatte die Gruppe erfahren, dass mehrere Krokodile unweit des Camps am Fluss lagerten.

»*Weglaufen* …?!«, Jeremys Gesicht war nun todernst.

»Diese Tiere sind hier im Park mehrere Meter lang. Mit ihrem mächtigen Schwanz beschleunigen sie schneller aus dem Wasser als unser Jeep.

Das halten die Tiere nur wenige Meter durch. Aber wer sich innerhalb dieses Radius befindet, hat auch mit Waffen keine Chance!«

Für einen Moment herrschte betroffenes Schweigen.

Rasch kehrte der Wildhüter zum Plauderton zurück und versicherte den Teilnehmern, dass es im Lager keinerlei Grund zur Besorgnis gäbe. Hier seien alle sicher. Dann verabschiedete er die abendliche Runde versöhnlich lächelnd zur Nachtruhe.

Auch Ines hatte für diesen Tag genug erlebt.

Sie wollte mit Bastian in die Hütte zurückkehren, als plötzlich ein Aufschrei des Entsetzens zu hören war.

Das Schloss

Sie hörten Stimmengewirr und Motorgeräusche.

Details konnte McDermott nicht herausfiltern, aber die Zeit zum Ausbruch war unzweifelhaft gekommen.

Der Officer praktizierte nun Taschenmesser und Büroklammern aus der Hosentasche.

Unter Tonys erstaunten Blicken bearbeitete er das alte Türschloss. Nach nur fünf Minuten war das Schloss offen.

Im Schutz der Dunkelheit konnten sie ihr Gefängnis verlassen. Geduckt schlichen sie zum Büro der Campleitung.

Dessen Türschloss bot noch weniger Widerstand als das vorherige. Im Büro fand sich eine robuste, schwarze Stablampe, mit deren Hilfe McDermott den Belegungsplan ausfindig machte. Dem Plan zufolge waren Mutter und Sohn in einer Hütte am Lagereingang untergebracht.

Vor dem Verlassen des Büros kontrollierte McDermott den Safe. Zu seinem Erstaunen war dieser unverschlossen. Offenbar hatte Leuwen in aller Eile etwas entnommen und dabei versäumt, den Safe wieder ordnungsgemäß zu schließen.

Er griff nach den beiden Schusswaffen, die ihnen die SAPS-Einheit wenige Stunden zuvor abgenommen hatte. Dann händigte er Tony die seinige aus und steckte den Belegungsplan ein. Eilig verließ er mit dem Adjutanten das Büro.

Jetzt galt es Mutter und Sohn ausfindig zu machen. Nichts war dringender.

Der Helfer

Der Schrei hatte Themba gegolten.

Der Hilfsranger war gestürzt und konnte nicht mehr aus eigener Kraft aufstehen. Seine rechte Körperhälfte schien wie gelähmt und er brabbelte unverständlich vor sich hin.

Einer der Mitreisenden war Arzt. Dieser untersuchte den alten Helfer und besprach sich anschließend mit Jeremy.

»Es ist ein Schlaganfall. Er muss ins Krankenhaus. Du weißt, was das bedeutet?«, wandte sich der Arzt mit gedämpfter Stimme an den Wildhüter.

»Sicher, mein Großvater ist daran gestorben«, antwortete Jeremy sachlich. »Bei uns zu Hause.«

Dabei bückte er sich und half dem Arzt, Themba in den Schutz einer Hütte zu ziehen.

»Vielleicht hat er eine Hirnblutung, vielleicht ist er auch in ein, zwei Stunden wieder komplett beschwerdefrei, schwer zu sagen. So oder so muss er in eine Klinik, am besten mit einer Neurologie. Habt ihr einen Notfallkoffer im Lager?«, fragte der Arzt, während er Thembas Puls kontrollierte.

»Hier gibt's nur einen Verbandskasten. Im Hauptcamp existiert eine kleine Krankenstation und eine Verbindung zum nächstgelegenen Hospital. Aber ob das Hospital eine Abteilung für Neurologie hat? Sorry, das glaube ich nicht. Wir sind hier nun mal mitten im afrikanischen Busch …«

Mit diesen Worten drehte sich Jeremy um und ging zum Büro der Lagerleitung. Kurz darauf kehrte er mit einem ramponierten Verbandskasten zurück und stellte ihn neben Thembas provisorischer Lagerstätte ab.

Dann ergriff der Ranger eine große Stablampe und inspizierte die Jeeps. Nach kurzer Musterung entschied er sich für das Fahrzeug der Nachzügler.

Mittlerweile war der andere Wildhüter mit unsicheren Schritten hinzugetreten und erkundigte sich nach Thembas Zustand. Danach folgte ein weiterer unerfreulicher Wortwechsel zwischen Jeremy und seinem Kollegen, da dieser die Herausgabe der Wagenschlüssel verweigerte.

Als die beiden Männer einander immer aggressiver angingen, riss dem Arzt der Geduldsfaden.

»Um Himmels willen! Dieser Mann kann in den nächsten Minuten hier sterben. Er ist euer Kollege, einer von *euch!* Und ihr seid nicht bereit, einen beschissenen Jeep für den lebensnotwendigen Transport abzugeben?!«

Der dramatische Appell verfehlte seine Wirkung nicht. Wutentbrannt stapfte der angetrunkene Wildhüter zu seiner Hütte zurück, holte die Autoschlüssel und warf sie den beiden wortlos vor die Füße.

Es war ein trauriges Schauspiel für die Teilnehmer, die in Sorge um den sympathischen Hilfsranger herbeigeeilt waren.

Mit mehreren Leuten trugen sie Themba zum Jeep. Dort betteten sie ihn auf die Sitzbank. Eine Decke diente als Kopfstütze. Zu guter Letzt fixierten sie ihn mit mehreren Gurten, um einen Sturz von der Bank während der Fahrt zu verhindern.

Kurz darauf brauste der Jeep durch die Lagereinfahrt und verschwand in der Dunkelheit.

Das Handy

Alle waren aufgewühlt.

Die Ereignisse um Themba hatten sie verstört.

Auch Ines und Bastian kehrten zum Lagerplatz zurück. Unterwegs warf Ines einen Blick auf das Prepaid-Handy, das sie kurz nach Einreise erworben hatte. Dessen Akkuanzeige war bereits bedrohlich dicht an den roten Bereich gerückt. Sie versuchte, das Handy auszuschalten.

»Mami, nicht ausschalten. Bitte gib's mir«, sagte Bastian und nahm ihr das Handy aus der Hand. Rasch hatte er das Display auf Sparstufe gestellt und das Gerät in seiner Hosentasche vergraben.

Er hat wieder diesen ernsten Gesichtsausdruck!

Ines sah besorgt auf ihren Sohn. Offenbar war Thembas Erkrankung schuld daran. Ebenso wie die unter den Touristen entbrannte Diskussion um medizinische Notfälle im Busch.

Ines musste bitter lachen. Manche Menschen sahen ihr Leben lang kein Krankenhaus von innen. Ihren Sohn hingegen verfolgte dieses Thema bis tief in den südafrikanischen Busch. Warum gerade er?!

Was hatte dieser wunderbare kleine Mensch seinem Schöpfer angetan, um so viel unheilvolle Beachtung zu finden?

Wieder spürte sie eine Verzweiflung. Im selben Moment kam das südafrikanische Ehepaar vorbei und sprach sie an. Erleichtert wandte sich Ines den beiden zu.

Dabei entgingen ihr die Umrisse der beiden Männer, die sich zwischen den Hütten bewegten.

Der Beifahrer

Jeremy Zandvoort musterte seinen Beifahrer.

Der Arzt, den er nur unter dem Vornamen John kannte, mochte fünfzig Jahre alt sein. Er machte einen gefassten Eindruck. Offenbar war ein Notfall wie dieser kein Neuland für ihn.

Im selben Moment forderten Fahrzeug und Fahrbahn wieder die ungeteilte Aufmerksamkeit des Rangers. Er war jetzt damit beschäftigt, größeren Schlaglöchern auszuweichen und den Wagen auf dem Weg aus gestampfter Erde zu halten.

Zusätzlich zum Abblendlicht waren noch zwei leistungsstarke Scheinwerfer zugeschaltet, die auf einem Querbügel oberhalb der Vordersitze angebracht waren.

Jenseits des gespenstisch erleuchteten Weges wirkte die Dunkelheit wie ein lauerndes, wildes Tier, das nur auf einen Fahrfehler oder eine Havarie des Jeeps zu warten schien.

»Okay, John, wie geht es Themba? Und was für ein Arzt bist du eigentlich?«, brüllte er seinem Beifahrer zu.

Der neuseeländische Arzt war Anästhesist in einer Klinik in Christchurch.

Und der Hilfsranger konnte die rechte Hand offenbar wieder bewegen.

»Hast du verstanden, John, worum es beim Streit zwischen uns Wildhütern ging?«, wollte Jeremy wissen.

Aber der Arzt schien an den Streitigkeiten unter den Wildhütern wenig interessiert zu sein.

Er sah zur Seite und schwieg.

Der Feind

An Einschlafen war nicht zu denken.

Die meisten Teilnehmer saßen noch am Lagerfeuer und diskutierten lebhaft.

Währenddessen hatte Fagerthy Jeremys Platz eingenommen und begonnen, mit dröhnender Stimme Buschabenteuer zu erzählen. Doch seine Geschichten klangen wie Räuberpistolen und die Runde am Lagerfeuer begann sich aufzulösen.

Ines warf einen Blick auf ihren Sohn, der bereits eingeschlafen war.

Beim Aufstehen kreuzte sich Ines' Blick mit dem Fagerthys. Sie kannte diesen Ausdruck: Es war der Blick eines betrunkenen und hungrigen Mannes.

Sie musste sich bücken, um Bastian hochzuheben, und hörte ein schmutziges Lachen. Ein Frösteln kroch über ihren Rücken. Erleichtert trat sie aus dem Feuerschein des Lagerplatzes heraus.

Bastian war wieder wach geworden und lief schlaftrunken neben ihr her.

Als sie die Hütte erreicht hatten, blieb ihr Sohn plötzlich stehen und schlang die Arme fest um seine Mutter.

Ines nahm an, dass Bastian nun, da er wieder aufgewacht war, an das Lagerfeuer zurückkehren wollte.

Sie befreite sich aus seiner Umklammerung und betrat die Hütte, um dann abrupt innezuhalten.

Es war der Geruch. Ein Geruch, der in diesem Raum nichts zu suchen hatte.

Es roch nach Zitrusöl und Moschus.

Dem Aftershave von Daniel Petrov.

Der Kadaver

Mittlerweile hatte sich der Wegzustand gebessert. Erstmals war mehr als ein Stakkatogespräch möglich.

»Hoffentlich kommt Themba rasch auf die Beine und wird wieder der Alte«, rief der Ranger seinem Beifahrer zu. »Er ist über siebzig und hat viele Kinder. Das jüngste ist 12 Jahre alt.«

Dabei drehte Jeremy seinen Kopf zum Arzt, der nun erstaunt herübersah.

»Ja, das ist nicht ungewöhnlich hier. Manche haben in diesem Alter noch jüngere Kinder. Und er sorgt für sie. Es gibt kein Ausruhen im Alter. Die Menschen arbeiten, solange sie können«, sagte Jeremy.

»Fagerthy, der andere Wildhüter, kommt nicht aus dieser Gegend. Er ist in der Stadt gescheitert und hasst die Natur. Hier ist er gelandet, weil sein Vater ein leitender Beamter in der Parkverwaltung ist.

Die Pflanzen und Tiere sind ihm gleichgültig. Sie sind Mittel zum Zweck für ihn. Und der Zweck ist das Geldverdienen. Nicht für den Lebensunterhalt, nein.«

Hier lachte der Ranger bitter auf.

»Natürlich verdienen wir alle unseren Lebensunterhalt mit dem Park. Aber er versucht, ›extra money‹ zu machen. Er manipuliert die Ausflüge, die Fahrtrouten und die Teilnehmerlisten. Viele unserer Ausflüge sind über Wochen und Monate im Vorhinein ausgebucht. Weil die Menschen den Park lieben. Den Park und seine Tiere. Sie möchten nicht im Camp bleiben, sie möchten in die Wildnis. Aber die Wildnis kann nur überleben, wenn wir diese Touren im Einklang mit ihr durchführen. Das führt zu Einschränkungen und Wartelisten bei den Touren. Und genau damit verdient Fagerthy sein Geld.«

Der kleine Wildhüter sprach jetzt wieder ruhiger, aber der Groll blieb unüberhörbar.

»Häufig kommen Touristen in unsere Büros und wollen Trails buchen, die man nicht mehr buchen kann. Dann geben Angestellte Fagerthys Nummer weiter. Unter der Hand versteht sich, gegen Provision«, fuhr Jeremy fort.

»Auf seinen Touren erzählt er abenteuerliche Geschichten, von denen die Hälfte frei erfunden ist. Die andere Hälfte stammt aus unserem Fundus, dem der Parkranger, aus dem wir alle gemeinsam schöpfen. Aber auch diese Geschichten biegt er so, wie es ihm gefällt. Er entehrt sie. In seinen Geschichten zählen weder Pflanzen noch Tiere oder Brauchtum. Nein, in seinen Geschichten gibt es nur einen Helden …«

Jetzt hatte Jeremy sich dem Beifahrer vollständig zugewandt: »Fagerthy *selbst!*«

Der Arzt war offensichtlich wenig begeistert, derartiges über einen Wildhüter zu erfahren, unter dessen Schutz das Camp verblieben war.

Bevor sein Beifahrer etwas erwidern konnte, machte Jeremy ein abruptes Bremsmanöver, das beide Insassen nach vorne schleuderte.

Wenige Meter vor ihnen lag ein Antilopenkadaver am Straßenrand.

Die Flanke war aufgerissen und funkelnde Augenpaare leuchteten ihnen bedrohlich entgegen.

Der mächtige Oberkörper eines Löwen schob sich nun mit unheilvollem Grollen in den Vordergrund.

Der Feuerschein

Die Parkpolizei spielte um diese Zeit keine Rolle.

Aber Ranger und Lagerpersonal waren vor Ort.

Und diese wären alarmiert gewesen bei der Begegnung mit zwei Unbekannten in Straßenanzügen, die im Dunkeln im Lager umherschlichen.

Vorsichtig bewegten sich McDermott und sein Adjutant zur Hütte der Lindbergs. Dort angekommen, stellte sich das nächste Problem:

Die Unterkunft war mit zwei älteren Damen belegt.

McDermott glaubte zunächst an eine Verwechselung, und prüfte die Nummern.

Aber ein Irrtum war ausgeschlossen.

Dennoch war nur zu offensichtlich, dass sich weder Mutter noch Sohn hier aufhielten.

Erneut kontrollierte der Officer den zerknitterten Belegungsplan im Lampenlicht.

Erst nach penibler Musterung war ein feinstrichiger Bleistiftnachtrag erkennbar. Dieser zeigte die Verlegung von Mutter und Sohn in eine randständige Hütte an.

Was für eine perfide Idee!, schoss es dem Officer durch den Kopf.

Der Grund für die Verlegung schien offensichtlich:

Was auch immer mit den Lindbergs geschah, sollte ungestört und unbeobachtet passieren.

Diese Verlegung konnte nur unter Mithilfe eines Rangers erfolgt sein. Aber das war nun irrelevant.

Der Weg für Bronski und Kramer war jetzt endgültig frei.

Und die Lindbergs in allerhöchster Gefahr.

Das Gewehr

Zurücksetzen war unmöglich.

Sie hätten nicht schnell genug im Rückwärtsgang fahren können, um jagenden Raubkatzen zu entkommen. Die Straße, der Motor und die Dunkelheit hätten es nicht zugelassen.

Gleichzeitig wäre es jedem größeren Raubtier ein Leichtes gewesen, die Schutzplanen des Jeeps zu zerfetzen.

»Alright!«, sagte Jeremy, ohne den Blick von den Raubkatzen und ihrem Opfer zu nehmen. Dann holte er mit ruhiger Bewegung ein Gewehr aus der Dachhalterung und drückte es dem Arzt quer vor die Brust.

Die Raubtiere, allen voran der Anführer des Rudels, bewegten sich zunehmend aggressiver auf das scheinbar bewegungsunfähige Objekt zu.

»Wenn ich es dir sage, aber nicht früher, dann feuerst du einen Schuss in die Luft!« Der Ranger sprach ruhig, aber seine Anspannung war unüberhörbar.

»Erst dann. Nicht früher. Und auf keinen Fall auf die Tiere zielen. *Nicht* auf die Tiere! Und halt dich fest!«

Regungslos wartete Jeremy weiter ab.

Als die Großkatzen aus dem Scheinwerferlicht wichen und sich dem Wagen seitlich näherten, wurde offensichtlich, warum der Ranger so lange gezögert hatte.

Für einen kurzen Moment hatten sie nun freie Bahn.

»*Let's go!*«, brüllte Jeremy.

Der Arzt riss das Gewehr hoch und betätigte den Abzug.

Doch nur ein Klicken ertönte.

Ihre einzige Waffe war ungeladen.

Der Zweikampf

»Police Joburg, Hände hoch, keine Bewegung!«

Ohne eine Antwort abzuwarten, drangen die beiden Beamten in die Hütte der Lindbergs ein.

Bereits beim Herannahen waren Kampfgeräusche aus dem Inneren zu hören gewesen.

Doch sie wurden überrascht von der Dunkelheit im Inneren. Jemand hatte die Fenster zugehängt und damit das Licht weitgehend ausgesperrt.

Nur einige, wenige Lichtstrahlen schafften es in das Hütteninnere. Einer dieser Strahlen ließ kurzzeitig den metallenen Lauf einer Waffe aufblitzen.

Reaktionsschnell warf sich der McDermott zur Seite und entging dem Schuss.

Dennoch war ein Aufschrei zu hören; es musste Tony Biltong getroffen haben.

Die Versuchung, das Feuer in Richtung des Angreifers zu erwidern, war groß. Aber McDermott musste davon ausgehen, dass sich Mutter und Kind in diesem engen Raum befanden.

Mit einer Hand gelang es ihm, den Vorhang von einem der Fenster zu reißen. Nun konnte er die Umrisse eines Mannes erkennen, der mit dem linken Arm eine Frau umklammerte, während die rechte Hand eine Waffe auf ihn richtete. Gleichzeitig drangen Geräusche vom Hütteneingang herüber; offenbar versuchte der Adjutant sich in Sicherheit zu bringen.

Reflexartig riss der Geiselnehmer die Waffe in Richtung Eingang herum. Diesen Moment nutzte die Frau, um ihrem Angreifer mit aller Kraft in den Unterarm zu beißen.

Der Mann stieß einen Schmerzensschrei aus und schlug seine Geisel wutentbrannt mit dem Pistolenknauf nieder. Dabei entglitt ihm die Waffe und fiel polternd zu Boden.

Das genügte McDermott, um die Distanz zum Angreifer zu überwinden.

Im Halbdunkel konnte er das Gesicht des Mannes vor sich erkennen: Es war Bronski, alias Petrov.

Mit wenigen Schlägen brachte der Officer seinen Gegner zu Boden und zog den taumelnden Mann anschließend gegen einen Stützpfeiler wieder hoch.

Dann fixierte er ihn mit einem Klammergriff am Hals und brüllte ihn an: »Der Junge, *wo* ist der Junge?«

Doch Bronski antwortete nicht.

McDermott schloss nun die Hand, bis dessen Halsvenen grotesk anschwollen und der Mann zu röcheln begann.

Jetzt verzog sich das blutverschmierte Gesicht zu einem sardonischen Grinsen.

»Zu spät, *viel* zu spät für den Kleinen«, brachte Bronski mühsam hervor, bevor er das Bewusstsein verlor.

McDermott ließ den Mann los, der wie ein nasser Sack auf den Boden plumpste.

Er musste Kramer finden.

Wo immer Kramer war, würde auch das Kind zu finden sein.

*

Er sicherte die Waffen und lief zum Adjutanten.

Der Schuss schien nur eine oberflächliche Fleischwunde an Tonys Bein hinterlassen zu haben. Notdürftig verband McDermott die Wunde und eilte dann weiter zur jungen Mutter.

Diese saß benommen am Boden und blutete aus einer Platzwunde.

»Der Junge, wie rufen Sie ihn? Wo kann er sein?«

»Das Ufer, er wird zum Fluss rennen«, brachte die Frau mit Mühe hervor. Offenbar war sie schwerer verletzt als auf den ersten Blick erkennbar.

Dann fügte sie hinzu: »Das Handy, er hat doch das Handy!«

Mit Mühe gelang es ihm, die Frau so weit aufzurichten, dass sie die Tasten auf seinem Diensthandy drücken konnte.

Erst beim dritten Versuch ertönte das Netzzeichen.

Doch niemand antwortete.

Die Nachtfahrt

Jeremy gab einen Urschrei von sich.

Brutal rammte er das Gaspedal bis auf die Bodenplatte. Der Motor brüllte auf, als wollten die Zylinder bersten. Mit einem mächtigen Satz schoss der Wagen nach vorne.

Der Arzt hatte größte Mühe, nicht aus dem Wagen geschleudert zu werden.

Das infernalische Crescendo aus Maschinengeräuschen, dem Brüllen der Tiere und dem Schreien der Insassen musste bis weit in die Dunkelheit gedrungen sein.

Ihr erster Gedanke galt Themba; doch dieser war beim verzweifelten Startmanöver wie durch ein Wunder unverletzt geblieben war. Offenbar hatten die Haltegurte ihren Zweck erfüllt.

Anschließend konnte der Wildhüter Wut und Empörung nicht mehr beherrschen.

Mit aller Kraft hieb er auf das Lenkrad ein:

»Dieses Arschloch, dieses verdammte Arschloch hat seine Büchse leergeballert! Er hat wieder gewildert. *Deswegen* wollte er den Jeep nicht abgeben. Das hätte uns um ein Haar das Leben gekostet!«

Nach diesem Ausbruch herrschte eine Zeit lang Schweigen zwischen ihnen.

»Everything alright?«

Ranger und Arzt blickten einander an, um dann gleichzeitig den Kopf nach hinten zu wenden.

Die Frage war von der Pritsche gekommen.

Dort hatte sich Themba zwischenzeitlich aufgesetzt.

Freundlich lächelte er die beiden an.

Die Natter

Als sein Vater nicht mehr nach Hause kam, war Bastian fünfeinhalb Jahre alt.

Seine Mutter hatte gesagt, dass sein Vater für längere Zeit weggefahren sei. Dabei hatte sie geweint.

Dann hatte sie erzählt, dass sein Vater einen Unfall gehabt habe und vielleicht nicht mehr gesundwürde.

Zum Schluss hatte sie gesagt, dass sein Vater beim Unfall gestorben war. Und dass sie nur noch zu dritt wären: Bastian, seine Mutter und die Oma.

Bastian hatte tote Spinnen und Mäuse gesehen, aber keinen toten Menschen.

Einmal hatte sein Vater bei einer Wanderung eine kleine Schlange mit der Astgabel aufgehoben und erklärt, dass es eine tote Natter sei. Die Natter hatte wie ein Waschlappen über dem Stock gehangen.

Dann war ›tot‹ also das Herunterhängen von einer Stange.

*

In den letzten Monaten vor der langen Reise war sein Vater irgendwie anders geworden.

Sie waren nicht mehr Steine sammeln gegangen. Und sie hatten auch keine Fische mehr am Ufer des Stadtsees beobachtet.

Stattdessen hatte ihn sein Vater immer häufiger mit Süßigkeiten und Comicheften auf eine Bank im Stadtwald gesetzt. Giancarlo, der Kioskbesitzer, war ein lustiger Mann und hatte auf ihn aufgepasst.

Sein Vater war dann zu den neuen Freunden gegangen und mit einer Tasche oder einem Paket zurückgekehrt.

Bastian mochte die Männer nicht, die seinem Vater die Taschen geschenkt hatten. Sie sahen gemein aus und ließen seinem Vater keine Zeit mehr fürs Steine sammeln und Fische gucken.

Damals hatte er den Doktor bei seinem Vater gesehen. Denselben Doktor, zu dem ihn seine Mutter gebracht hatte, kurz bevor er ins Krankenhaus musste.

Einmal war auch der andere Mann aufgetaucht.

Der, der mit ihnen nach Afrika geflogen war.

Kurz danach war sein Vater auf die lange Reise gegangen.

Jan Lübbers war der erste Mann, der von Steinen und Fischen wieder etwas verstanden hatte. Wenn auch nicht so viel wie sein Vater, aber der hatte eben alles gewusst.

Dann war Bastian selbst richtig krank geworden.

Und seine Mutter schien auf einmal sehr ernst.

So, als ginge auch er bald auf eine lange Reise.

Der Aufruhr

Wieder keine Antwort.

Mehrfach betätigte er die Wahlwiederholung.

Aber ohne Erfolg.

Offenbar konnte der Junge nicht mehr antworten.

McDermott beschloss, keine Zeit mit Spekulationen zu verlieren, und eilte in Richtung Flussufer.

Doch bereits nach wenigen Metern versperrte eine Gruppe den Weg.

Direkt vor ihm baute sich ein groß gewachsener Mann auf, das Gewehr im Anschlag. Er trug die Uniform der Parkranger und wirkte alkoholisiert.

Das musste Fagerthy sein, der nachgereiste Wildhüter.

»Hände hoch und keinen Schritt weiter!«, rief ihm der Mann zu.

»Officer McDermott, Joburg Police Department«, erwiderte er mit lauter Stimme. Gleichzeitig schwang er den Dienstausweis über dem Kopf, was aber angesichts der Dunkelheit eher symbolischen Charakter hatte.

Der angetrunkene Ranger hatte offenbar das Risiko gescheut, im Kampfgetümmel nach dem Rechten zu sehen. Stattdessen versuchte dieser, im Nachhinein vor den verunsicherten Touristen den Helden zu markieren.

»Im Lager befinden sich zwei Schwerverbrecher. Einer konnte überwältigt werden!«, rief McDermott der Gruppe zu.

Die Touristen stöhnten nun entsetzt auf.

»Der andere verfolgt einen Jungen ihrer Reisegruppe. Wenn wir den Mann nicht umgehend finden, droht höchste Gefahr für Leib und Leben des Kindes!«

Seine Worte verfehlten ihre Wirkung nicht. Umgehend gaben die Touristen den Weg frei.

Nur der Ranger schien sich mit dem unspektakulären Ende seines Auftrittes nicht abfinden zu können.

Demonstrativ spannte er den Gewehrhahn.

McDermott fragte sich, ob der Mann wirklich so betrunken war. Oder ob dieser nur eine willkommene Gelegenheit sah, sich eines unliebsamen Officers zu entledigen.

»Im Namen der Parkbehörden, Sie sind *verhaftet!*«, stieß Fagerthy mit sich überschlagender Stimme hervor.

Gleichzeitig riss der Ranger das Gewehr hoch.

Das Krokodil

Es war es ihm sehr schlecht gegangen.

Zu Beginn der Behandlung hatte Bastian hohes Fieber gehabt und fast nur noch geschlafen.

Damals hatte Oma auch seinen Herzenswunsch wissen wollen.

Die wilden Tiere in Afrika zu besuchen, das hatte er sich gewünscht.

Seine Mutter hatte geweint und seine Oma hatte ein Versprechen gegeben: Er müsse nur gesund werden, dann würden sie gemeinsam in das Land der Löwen, Elefanten und Krokodile reisen.

Seine Oma hatte selbst nicht mitfahren können.

Aber sie hatte ihr Versprechen gehalten.

*

Die ersten Ausflüge waren toll gewesen.

Aber dann war der andere Jeep gekommen.

Und mit ihm der große Wildhüter, der Doktor und dessen Freund, der Mann aus dem Flugzeug.

Der Doktor und sein Freund schienen sich zu verstecken. Sie waren als Einzige nicht zum Lagerfeuer gekommen

Gerade, als Bastian seiner Mutter von den beiden erzählen wollte, war Themba krank geworden. Und alle waren sehr aufgeregt.

Als sie dann vom Lagerfeuer zurückkamen, hatte er den Mann in der Hütte bemerkt. Seine Mutter schrie auf einmal so laut, wie er es noch nie gehört hatte.

Im selben Moment war der Doktor hinter der Hütte hervorgekommen.

Da war Bastian losgerannt, so schnell er konnte.

*

Er musste über einen Zaun klettern.

Der Stacheldraht riss seine Haut auf und es tat sehr weh. Trotzdem lief er weiter.

Auch der Doktor hatte sich offenbar am Zaun wehgetan, denn er fluchte lauthals.

Bastian rannte weiter. Immer weiter in Flussrichtung, bis es mit jedem Schritt heller wurde.

Durch die Zweige konnte er das Wasser glänzen sehen. Jetzt war er wirklich am Flussufer angekommen.

Vor Krokodilen hatte er keine Angst.

Das kleine Krokodil aus ›Janoschs Traumstunde‹ war sein Lieblingstier. Krokodile hatten nichts gegen Kinder, das wusste er genau.

Dann hörte er das Zweigeknacken in seinem Rücken. Auch die Geräusche des Mannes wurden lauter.

Kurz bevor der Doktor auf der kleinen Lichtung ankam, klingelte Bastians Handy.

Erst ein Vibrieren, dann ein leiser Ton, dann immer lauter.

Als er das Handy aus der Hosentasche fischen wollte, rutschte es ihm aus der Hand und fiel zu Boden.

Jetzt war der Klingelton richtig laut und das Display blinkte zu seinen Füßen, wie ein Leuchtfeuer im Dunkeln.

Kurz darauf ertönte ein gemeines Lachen.

Der Doktor war nur noch wenige Schritte entfernt.

Und er kam direkt auf Bastian zu.

Der Schuss

Es war eine couragierte, ältere Lady.

Sie hatte versucht, Fagerthy zu beschwichtigen.

Doch mit einem rüden Ellbogenstoß vertrieb der angetrunkene Ranger die Frau.

Die Situation drohte vollends aus den Fugen zu geraten, als plötzlich ein Schuss ertönte.

Ohne sich umzudrehen, wusste McDermott, dass nur Tony diesen Warnschuss abgegeben haben konnte.

Er entriss dem verdutzten Ranger das Gewehr, brachte ihn mit einem Kolbenhieb zu Boden und entnahm die Patronen.

In aller Eile beriet er sich mit der Gruppe, die ihm den Weg zum Ufer wies.

Am Uferzaun entdeckte McDermott Kleidungsfetzen und Blutspuren.

Offenbar war er auf der richtigen Fährte.

Das Klingeln

Bastian verpasste dem Handy einen Tritt.

Dieses schlidderte in Richtung Ufer und rutschte unter einen Busch. Dort blieb es liegen, immer noch klingelnd und blinkend.

Rasch versteckte er sich hinter einem Strauch.

Im selben Augenblick erschien der Doktor in der kleinen Lichtung. Seine Kleidung war zerrissen und er keuchte heftig.

Das Klingeln des Handys war nun überall am Ufer zu hören. Selbst aus seinem Versteck konnte Bastian das Display noch funkeln sehen.

Der Doktor lachte und rief Bastians Namen, laut und bedrohlich. Aber Bastian hatte Angst und blieb hinter dem Strauch versteckt.

Dann ging der Doktor zum Busch und bückte sich nach dem Handy.

Plötzlich war ein lauter Knall zu hören. Ein Knall oder ein Geräusch, das wie eine große Peitsche klang.

Gleichzeitig begann die glatte Wasseroberfläche zu brodeln. Und ein mächtiger Leib schoss aus dem Wasser.

Jetzt konnte Bastian ein riesiges Krokodil erkennen, das nach dem Doktor schnappte. Das Krokodil schloss sein Maul und schleuderte den Mann hin und her. Bis er aufhörte zu strampeln.

Irgendwann hing der Doktor wie ein Lappen im Maul des Tieres.

Mit einem unheimlichen Geräusch, das wie ein Schmatzen oder Grunzen klang, tauchte das Krokodil in den Fluss zurück und verschwand mit seinem Opfer in der Tiefe.

Nun war auch der Doktor auf eine lange Reise gegangen.

*

Erst war Bastian vor Schrecken wie gelähmt.

Dann rannte er zum Lager zurück.

So schnell ihn die Füße trugen.

Seine Mutter stand wankend am Zaun.

Neben ihr der große Mann aus Johannesburg, der mit dem kaputten Gesicht.

Mühelos hob ihn der Mann über den Zaun, in die Arme seiner Mutter.

Viele Menschen standen um sie herum.

Seine Mutter drückte ihn dann ganz fest.

Und hörte nicht mehr auf zu weinen.

EPILOG

Johannesburg, im Oktober 2018

Die Beförderung

»Guten Morgen, *Sir!*«

Selbst im Krankenbett nahm Tony Haltung an, als handele es sich um einen Rapport im Präsidium.

Bei der Schießerei im Krugerpark hatte der junge Adjutant tatsächlich Glück gehabt und nur eine Fleischwunde davongetragen. Nach Aussagen der Ärzte schritt der Heilungsprozess gut voran und die Entlassung war absehbar.

Bei ihm saß eine junge, schwangere Afrikanerin.

»Das ist Elizabeth, meine Frau«, erklärte der Adjutant und strahlte dabei. »Sie dürfen *Lissy* zu ihr sagen.«

Der Officer überhörte das Angebot der vertraulichen Anrede.

»James McDermott. Guten Morgen, Frau Biltong«, begrüßte er die junge Mutter, die Anstalten machte, den Raum zu verlassen. »Es geht zwar um Dienstliches, aber es wird Sie sicher auch interessieren. Bleiben Sie ruhig bei uns.«

Mit diesen Worten trat McDermott an das Bett seines Adjutanten.

»Sergeant Biltong, heute Morgen komme ich zu Ihnen im Auftrag des Polizeipräsidenten von Johannesburg, Mister David Ukawanga.«

Besorgt über das förmliche Auftreten des Vorgesetzten blickte Tony zu seiner Frau.

McDermott fuhr derweil fort: »Sie haben sich bei den Ermittlungen im Krugerpark durch großen Einsatz und besondere Umsicht ausgezeichnet. Damit haben Sie wesentlich zur Festnahme der Täter und zur Rettung von Mutter und Sohn beigetragen!«

An dieser Stelle machte der Officer eine Pause.

Während Tony Biltong noch unsicher schien ob der Bedeutung der Ansprache, blickte Elisabeth Biltong ihren Mann voller Stolz an.

»Im Namen des Polizeipräsidenten von Johannesburg habe ich nun die Ehre, folgende Ernennung auszusprechen …«

Mit diesen Worten zog McDermott eine Urkunde aus seiner Aktentasche und las deren Inhalt mit erhobener Stimme vor:

»Hiermit wird Sergeant Tony Biltong aufgrund besonderer Verdienste zum Lieutenant des Metropolitan Police Department der Stadt Johannesburg ernannt!«

*

McDermott musste lächeln.

Angesichts der Beförderung hatten die Gesichter des Ehepaars Biltong geradezu um die Wette gestrahlt.

Dabei war die Bitte um Tonys Beförderung beim Polizeipräsidenten zunächst auf taube Ohren gestoßen.

Erst als McDermott unverhohlen mit der Unterstützung von Ukawangas Konkurrent bei den kommenden Wahlen drohte, hatte dieser eingelenkt.

Männer wie Tony Biltong stellten die Zukunft des JMPD dar: engagiert und gleichzeitig familiär geerdet.

Davon war McDermott zutiefst überzeugt.

Polittechnokraten wie Ukawanga hingegen würden das nie verstehen.

Zufrieden steuerte der Officer den Dienstwagen in die Tiefgarage des JMPD.

Der Kaffee

SA's Sherlock Holmes: HE DID IT, AGAIN!!!

Jocelyn hatte ihm die *Daily Sun* hingelegt, mit seinem Foto auf der Titelseite.

Fast alle Tageszeitungen hatten den Fall groß aufgemacht und überschlugen sich in ihren Schlagzeilen.

Vermutlich wegen der gruseligen Details und weil Täter und Opfer aus Deutschland stammten.

Selbst das deutsche Konsulat in Pretoria hatte Stellung bezogen.

*

Einmal mehr hätte er gern auf den Medienrummel verzichtet.

Aber diese Art der Prominenz war und blieb ein notwendiges Übel. So fügte er sich in sein Schicksal.

Der Kalender wimmelte von Terminen, insbesondere mit der Presseabteilung des JMPD und Medienvertretern.

Nicht zuletzt hatten sich Mutter und Sohn Lindberg zu einem Abschiedsbesuch angekündigt.

Eine große Brauerei nutzte den Fall zu Werbezwecken und hatte den Lindbergs eine Südafrika-Rundreise spendiert. Mit einem neuen Begleiter wollten sie die entgangenen Reiseerlebnisse in Südafrika nachholen.

Dieser Begleiter, ein Arzt namens Lübbers, war direkt nach Bekanntwerden der dramatischen Ereignisse aus Deutschland nachgereist.

McDermott hatte ihn sicherheitshalber einem Routinecheck unterziehen lassen. Doch der Mann war aus polizeilicher Sicht ein unbeschriebenes Blatt.

*

Jocelyn begann ihren unnachahmlichen Kaffee zu brühen.

McDermott musterte derweil seine Post durch.

»Chef, was ist eigentlich aus dem armen Kerl geworden, den Sie im Park verprügelt haben?«, rief sie aus dem Vorzimmer herüber. »Man liest ja Schauerliches in den Nachrichten. Gleichzeitig gibt es kaum seriöse Informationen.«

»Ganz sind die Ermittlungen ja noch nicht abgeschlossen«, begann McDermott zurückhaltend. »Aber vermutlich war der Vater des Jungen als Kurier eines Drogenkartells tätig. Zu diesem Kartell gehörte auch der Arzt, der im Park ums Leben gekommen ist.«

»Ein Arzt in der Rolle des Verbrechers? Das kommt aber nicht alle Tage vor!«, warf Jocelyn ein.

»Da haben Sie vermutlich recht. Aber Arzt, Anwalt oder Amtsträger, auch darunter gibt es reichlich schwarze Schafe«, antwortete er. »Wahrscheinlich hat das Kartell den drogensüchtigen Mediziner mit Rauschgift versorgt. Als Gegenleistung musste der Arzt dann schmutzige Arbeit verrichten: Totenscheine fälschen, Ersatzdrogen rezeptieren oder Ähnliches.«

»Aber was hat der Junge mit dem Ganzen zu tun, ein unschuldiges Kind?«, hakte Jocelyn nach.

»Offenbar wurde der Junge von seinem Vater auf Kurierfahrten mitgenommen. Bei so einem Auftrag muss das Kind mehr gesehen haben, als gut für ihn war.«

»Und?«, drängte Jocelyn.

McDermott war mittlerweile aufgestanden und an den Türrahmen zum Vorzimmer getreten:

»Der Vater wurde eines Tages tot aufgefunden und die Akten mit dem Hinweis auf eine Überdosis geschlossen. Aber wahrscheinlicher ist, dass der Mann den Auftraggebern unbequem wurde. Vielleicht wollte er raus aus dem Geschäft. Oder hat versucht, mit den Drogen etwas Geld nebenbei zu verdienen«, erläuterte der Officer.

»Das Kartell hat das Kind zunächst in Ruhe gelassen. Vermutlich, weil Kinder vergessen. Oder weil ein ungeklärter Todesfall bei Kindern immer einen Rattenschwanz an Ermittlungen nach sich zieht. Womit dann keiner rechnen konnte, war die Erkrankung des Jungen.«

»Die Erkrankung des Jungen? Was hat es denn mit dessen Krankheit auf sich?«, wollte seine Sekretärin wissen, während sie ihm den Kaffeebecher reichte.

McDermott bedankte sich beiläufig, während er fortfuhr: »Irgendwann, zwischen Krankwerden, Kranksein und wieder Gesunden, haben sich die Wege des Jungen und des Kartellarztes noch einmal gekreuzt. Bei dieser Begegnung muss der Junge den Mediziner so offensichtlich wiedererkannt haben, dass er zu einem Sicherheitsrisiko wurde. *Derartige* Risiken werden aber von *derartige*n Leuten nicht akzeptiert. Deswegen wurde dann der Profi, Bronski alias Petrov, auf den Jungen angesetzt.

Den Rest kennen Sie ja«, schloss der Officer seine Erläuterungen ab.

Es war selten, dass Jocelyn sich nach Details einer Untersuchung erkundigte.

Aber dieser Fall hatte es sogar bis in die Abendnachrichten geschafft.

McDermott machte Anstalten, zum Schreibtisch zurückkehren. Dann hielt er inne und wandte sich wieder seiner Sekretärin zu.

»Und um ihre erste Frage zu beantworten, Jocelyn: Da ist niemand *verprügelt* worden! Man nennt das gemeinhin auch ›Widerstand gegen die Staatsgewalt‹. Und der von Ihnen als ›armer Kerl‹ titulierte Mann ist ein international gesuchter *Killer*.«

Doch Jocelyn blieb unbeeindruckt.

»Chef, nennen Sie es bitte, wie Sie wollen! Aber in Ihrem Fall sollte man die armen Schwerverbrecher einmal warnen, vor dem Widerstand gegen *eine* Staatsgewalt!«, dabei trat sie vor den Officer und markierte mit Zeige- und Mittelfinger Anführungszeichen in der Luft.

»Jetzt aber zu Wichtigerem: Wie ist der Kaffee?«

»Schwarz und heiß!«, entgegnete McDermott, ohne nachzudenken.

Kaum, dass er es ausgesprochen hatte, durchfuhr ihn ein Schreck.

Was hatte er da geantwortet?

Schwarz und heiß?

Im selben Augenblick trafen sich ihre Blicke.

Jocelyn lächelte ihn an.